Kopfgeldjäger
Zwischen den Fronten

Geschichten erzählen, ist meine Leidenschaft. Seit ich denken kann, will ich nichts anderes, als vom Schreiben meiner Geschichten zu leben. 2014 warf ich alle Bedenken über Unsicherheiten und meine Legasthenie über Bord und stürzte mich ins Abenteuer der Schriftstellerei. Ich freue mich sehr, wenn wir uns auf diesem Weg begegnen.

Gefällt dir, was ich schreibe? Möchtest du meine Bücher noch vor allen anderen lesen?

Dann unterstütze mich auf Patreon und erhalte Zugang zu nahezu allen meiner Bücher:
https://www.patreon.com/lucian_caligo1

Immer auf dem Laufenden bist du mit meinem Newsletter: https://www.lucian-caligo.de/

Lucian Caligo

Kopfgeldjäger

ZWISCHEN DEN FRONTEN

Bibliografische Information der Deutschen Nationalbibliothek:
Die Deutsche Nationalbibliothek verzeichnet diese Publikation in
der Deutschen Nationalbibliografie; detaillierte bibliografische
Daten sind im Internet über http://dnb.dnb.de abrufbar.

Lektorat: Christina Reichel
Korrektorat: Svenja Dilger
Buchumschlaggestaltung: Christl Glatz,
Guter Punkt GmbH u. Co. KG Agentur für Gestaltung

Herstellung und Verlag: BoD – Books on Demand,
Norderstedt

ISBN: 978-3-7578-0694-1

1

»Fuck!«

Die Ruine hinter Mitch erzitterte und brach grollend zusammen. Er sprang aus der Deckung und ergriff die Flucht. Eine Staubwolke stob um ihn herum, durchschnitten von fauchenden Plasmageschossen. Er hechtete hinter eine Mauer, dabei entglitt ihm fast sein Gewehr. Donnernd schlugen etliche Plasmablitze in seine neue Deckung ein.

In seinem Visor bekam er eine Umgebungskarte angezeigt. Darauf näherte sich ihm ein roter Punkt. Langsam, unaufhaltsam, sich seiner Überlegenheit gewiss, bewegte er sich auf Mitch zu.

»Der verdammte Beneri hat mich gleich«, flüsterte Mitch in den Funk. In solchen Situationen hatte er sich schon hunderte Male befunden, deshalb begleitete ihn eine Ruhe, unbegreiflich für jeden, der noch nie dem Tod ins Auge geblickt hatte. Und der Tod kam in Gestalt eines schwer bewaffneten Mechatrons immer näher.

Rauschend öffnete sich die Funkverbindung. »Er ist gleich in Reichweite!« Angia klang wie in jedem Einsatz hochkonzentriert.

Eine weitere Erschütterung lief durch die Straße, als wollte sich im nächsten Moment der Boden auftun und Mitch verschlucken.

Mitch spürte wie die Wand, an die er sich drückte, ins Wanken geriet. Er sprang aus der Deckung und rollte sich über einen Metallklotz hinweg, der vor ihm auf der Straße stand. Als Mitch sich gerade dahinter kauerte, brach die Wand grollend zusammen. Steinsplitter schlugen in Mitchs neue Deckung ein, gefolgt von einem Hagel aus Plasmageschossen.

»Gleich«, ließ Angia über Funk vernehmen.

Mitch sah sich vergebens nach einer anderen Möglichkeit um, Schutz zu finden. Mit seinem Plasmagewehr war er dem Beneri, der in einem Kampfmech auf ihn losging, hoffnungslos unterlegen. Jeder Schuss auf den Kampfroboter wäre ein unnötiges Risiko.

In diesem Bereich öffnete sich die Straße in alle Richtungen. Auf der anderen Seite lag eine verdorrte Parkanlage. Weit und breit gab es nichts, was ihm Schutz vor einer erneuten Salve aus Plasmageschossen bot. Immer wieder fauchten ungezielte Plasmablitze über Mitch hinweg. Sie sollten ihn nur unten halten, bis der Beneri bei ihm ankam. Was er wohl mit Mitch vorhatte? In seinem Mechatron wäre es ein leichtes für den Beneri, Mitch das Leben herauszuquetschen.

Mit so einem Gegenangriff hatten weder Angia noch Mitch gerechnet. Der Auftrag klang einfach: Findet den Wissenschaftler der Beneri und bringt ihn lebend zurück.

Dass dieser Kerl in einem Mech steckte, mit Schnellfeuerwaffen ausgerüstet und einem Impulsgenerator, der Erdbeben erzeugte, stand nicht in der Auftragsbeschreibung. Angeblich war der Beneri nur ein einfacher Programmierer, ein kleines Licht, der zufälligerweise zu viel wusste.

»In Reichweite«, meldete Angia.

»Wird aber auch ...« In dem Moment verlosch das Sonar in Mitchs Visor. In Mitchs Rücken erklang ein Schlag. Begleitet von einem Krachen und Knirschen wurde das metallene Gefährt, hinter dem er Deckung gesucht hatte, angehoben.

»Mitch, weg da!«

Er sprang auf und hastete zum Park hinüber. Weil seine Umgebungskarte im Display nicht angezeigt wurde, sah er bei der Flucht einmal über die Schulter und wünschte sich, es nicht getan zu haben. Der Mechatron war zweimal so groß wie ein Mann und dreimal so breit. Mit einer Hand hielt der Kampfroboter den verrosteten Metallklumpen hoch, hinter dem Mitch gerade noch Deckung genommen hatte. Sein anderer Arm lief zu einer gewaltigen Plasmawaffe aus. So eine Waffe hatte Mitch bisher nur an einem Einmannjäger der Rekurianer gesehen. Ein panzerbrechendes Geschoss für interstellare Schlachten. Der überbordende Waffenlauf folgte ihm mit todbringender Gelassenheit.

Das wars, war Mitchs letzter Gedanke, als der Lauf aufflammte. Jetzt gab es kein Entkommen mehr. Es folgte der Donnerschlag einer Sniper Rifle. Angia hatte endlich geschossen und traf den Waffenarm des Mechatrons. Er verriss und das aufgeladene Plasmageschoss schlug weit von Mitch entfernt in die Straße ein. Gesteinsbrocken versprengten sich in alle Richtungen. Reflexartig schirmte Mitch seinen Kopf mit seinen metallenen Unterarmen ab. Ein heftiger Schlag ging durch seine beiden Armprothesen und riss ihn nach hinten. Schwer getroffen stürzte er zu Boden.

Die rechte seiner Unterarmprothesen schlug Funken, die mechanischen Finger zuckten unkontrolliert. Klappernd fiel Mitch das Plasmagewehr aus seiner defekten Hand. Hinter ihm erklangen die stampfenden Schritte des Mechs. Mitch rappelte sich auf, hob seinen linken Arm und schoss einen EMP-Impuls auf seinen Angreifer. Dieser besaß jedoch nur eine minimale Reichweite und fraß fast alle Energie seiner Prothese. Gleichzeitig gefährdete er damit das Leben des Beneri, den sie lebend zurückbringen sollten. Der EMP-Impuls konnte dessen lebenserhaltende Systeme stören.

Wie ein Netz schoss der Impuls dem Mechatron entgegen und legte sich über ihn. Der Kampfroboter hielt mitten in der Bewegung inne. Die Elektroden im Panzer erloschen.

»Hab ihn«, keuchte Mitch.

Durch das verspiegelte Visier des Mechs war der Lenker nicht zu sehen. Blieb nur zu hoffen, dass dessen überlebenswichtige Systeme nicht an den Mechatron gekoppelt waren.

Mit einem geübten Handgriff rebootete Mitch seine rechte Armprothese, sodass diese wieder benutzbar wurde. Um den Visor neu zu starten, musste er ihn abnehmen, weil Mitch in seinen Unterarmprothesen kein Fingerspitzengefühl besaß und deshalb den Knopf an der Schläfe für den Reboot nicht ertasten konnte. Ohne sein Sonar fühlte er sich verletzlich.

»Glückwunsch«, knurrte Angia über Funk.

Mitch wusste, dass sie den finalen Schuss hatte landen wollen. Aber Erfolg war Erfolg und nur darauf kam es an.

»Wenn wir den Kerl bergen wollen, dann müssen wir ihn mit der Kiste abholen.« *Kiste* nannten Mitch und Angia ihren Raumgleiter, dessen Quaderform tatsächlich an eine Frachtkiste erinnerte. »Und zwar schnell, bevor der Beneri von der Schwerkraft zerquetscht wird.«

»Ich geh ihn holen, halt die Stellung.«

»Alles klar«, entgegnete Mitch und setzte sich den Visor wieder auf. Das halbrunde Gerät schloss sich über seine Augenpartie und saugte sich fest. Doch das Sonar war immer noch verloschen. Zwar konnte er das Sonar im Menü anwählen, aber wenn er es aufrief, wurde es nicht angezeigt.

»Angia, ich hab technische Probleme, kannst du

mich orten?«

»Ich hab dich auf dem ... nein, nicht mehr. Augenblick, das Sonar zickt rum.«

»Meines auch.« Mitch beschlich ein ungutes Gefühl, ohne zu wissen, woher es rührte.

Während er das Menü seines Visors durchsah, bemerkte er, dass die Anzeigen über Sauerstoffkonzentration und Sonnenstand ebenfalls fehlten. Beides war auf diesem Planeten nicht wichtig. Die Atmosphäre genügte zum Atmen und die Sonne konnte ihn zwischen den hochaufragenden Ruinen nicht blenden, deshalb hatte Mitch bisher nicht auf die Anzeigen geachtet.

Ein greller Lichtblitz flammte auf. Mitch fuhr erschrocken herum. Bevor er den Ursprung ausmachen konnte, erschien das krisselige Bild eines Beneri in seinem Visor. Trotz der gestörten Übertragung war seine glatte, weißgraue Haut deutlich zu erkennen. Sein Gesicht war voll und rund. Mit seinen blauen Augen sah er wie jeder Beneri aus, dem Mitch bisher begegnet war.

»Ich gebe euch eine Chance, euch zurückzuziehen«, drohte der Beneri, seine Stimme rauschte, als spräche er durch eine Fensterscheibe, über der ein Platzregen niederging.

»Siehst du das auch?«, fragte Angia, sie klang angespannt.

»Ja, er hat sich irgendwie auf den Visor geschaltet.«

»Ich dachte, du hast den Beneri erwischt?«

»Hab ich ... auch ...« Mitch drehte sich zu dem Mechatron um. Der Kampfroboter stand still. Seinem Visor fehlte mittlerweile auch die Scanfunktion, weshalb er nicht sagen konnte, ob sich jemand im Inneren des Mechatrons befand oder ob darin noch elektrische Systeme aktiv waren. Die Scheibe des Cockpits war abgedunkelt.

»Das war eine Finte«, überkam es Mitch. Zumindest war es unwahrscheinlich, dass der Beneri in dem Mechatron steckte. »Der Kerl hat den Mech ferngelenkt.«

»Ich sagte, zieht euch zurück!«, donnerte der Beneri, offenbar empört über die Nichtachtung der beiden. »Worauf wartet ihr!?«

Obwohl ihn der Visor erlaubte, eine Funkverbindung herzustellen, nutzten Angia und Mitch ein billiges Funkgerät. Technische Geräte waren sehr sensibel und konnten im Kampf ausfallen, weshalb sie stets mehrere Möglichkeiten benutzten, um in Verbindung zu bleiben. Deshalb fiel es ihnen nun leicht, den Beneri aus ihrer Kommunikation auszuschließen.

»Ich werde mit ihm sprechen«, bot Mitch an.

»Kann ich auch.«

»Nein. Versuch ihn zu finden. Nicht dass der Kerl uns hinterrücks aufs Korn nimmt.«

»Alles klar.«

Angia besaß bionische Augenimplantate, dennoch war sie auf den Visor angewiesen, um die Funktionen ihrer Implantate zu erweitern. Als Arberianerin verfügte sie jedoch über die Jagdinstinkte eines Raubtiers. Wenn jemand den Beneri fand, dann sie. Ihrem Naturell nach war Angia allerdings wenig diplomatisch, weshalb lieber Mitch die Verhandlungen mit dem Beneriwissenschaftler führte. Bisher hatte sich zumindest noch niemand ergeben, dem Angia einen schmerzfreien Tod angeboten hatte.

Mitch öffnete den Kanal.

»Wir sind im Auftrag der Benerikonföderation hier und sollen Sie zurückbringen. Also schlage ich vor, Sie ergeben sich und machen uns die Sache nicht unnötig schwer. Sie bekommen sicher einen fairen Prozess.« Zumindest ging Mitch davon aus.

Ihrem Wesen nach waren die Beneri eigentlich sehr sanftmütig, sie galten sogar als harmoniesüchtig. Dieses Vorurteil hatte sich bei Mitchs wenigen Treffen mit dieser Spezies bestätigt. Ihre schlimmste Befürchtung war, jemandem Umstände zu bereiten.

Tatsächlich schien der Beneri kurz nachzudenken, möglicherweise hing aber auch die Übertragung.

»Angia, hast du ihn?«, fragte Mitch über den externen Funk.

»Nein, kein Peil, wo der Drecksack steckt!«

»Ich sage es nicht noch einmal! Verschwindet! Und wir gehen friedlich auseinander«, meldete der Beneri.

»Wir sind Gesetzeshüter, wir können nicht einfach ...«, versuchte Mitch zu widersprechen.

»Freischärler, Kopfgeldjäger«, spie der Beneri aus, als verursachten ihm die Worte Übelkeit.

»Auch wieder wahr«, gestand Mitch ihm zu. »Aber wir sind die Guten.«

»Das sagen alle. Ihr seid nichts anderes als billiger Abschaum, der für Credits mordet.«

»Langsam hab ich genug«, fauchte Angia über den externen Funk.

»Ruhig bleiben. Versuch ihn zu lokalisieren«, beharrte Mitch und zu dem Beneri sagte er: »Das ist alles wahr. Aber wenn wir einen Auftrag angenommen haben, dann bringen wir ihn auch zu Ende.«

»Vielleicht können wir uns gütlich einigen«, änderte der Beneri seine Strategie.

Für einen Moment glaubte Mitch tatsächlich, sie hätten den Beneri in die Enge getrieben, sodass diesem keine andere Wahl blieb, als zu verhandeln. Doch da meldete sich Angia: »Ich hab ihn, er kommt auf meine Position zu.« Der Funk übertrug das Klicken ihres Snipergewehrs, das neu in Stellung gebracht wurde. »Fuck!«

»Angia, was ist los?«, rief Mitch.

»Ich kann nichts mehr sehen!«, kreischte sie. Angia klang nicht verängstigt, sondern wütend.

»Ich sagte doch, ihr habt keine Chance«, triumphierte der Beneri.

Mitch hörte sein Plasmagewehr zu seinen Füßen klappern. Überrascht besah er sich seine bionischen Hände. Sie hingen schlaff von den Handgelenken herunter.

»Er hat unsere Bionik gehackt!«, meldete Mitch durch den Funk.

»Ganz genau!« Die Stimme des Beneri kam über die vermeintlich sichere Verbindung. »Und jetzt zerquetsche ich euch.«

Ein Donnerschlag erklang aus Angias Richtung.

»Mitch, ohne Augen komme ich hier nicht weg!«, rief Angia über den Funk, ihre Stimme wurde von einem weiteren Donnerschlag verschluckt.

»Schon unterwegs!«, rief Mitch, ohne genau zu wissen, was er tun sollte. Ohne seine Hände konnte er keine Waffe halten und auch der EMP-Impuls in seinen Prothesen stand ihm nicht zur Verfügung. Dennoch stürmte er zu Angia. Der Vibrationsgurt, der um seine Brust lag, zeigte ihm die genaue Richtung an. Ein weiteres Tool, mit dem sie Kontakt hielten, damit sie sich nicht im Gefecht verloren oder im Dunkeln aufeinander zielten.

Er würde Angia nicht im Stich lassen, niemals! Seit sie sich in Gefangenschaft in den Minen auf Serakis Vier kennengelernt hatten und nach Jahren gemeinsam entkommen konnten, waren sie unzertrennlich. Bei ihrer Flucht hatte Angia ihr Augenlicht und Mitch seine beiden Unterarme verloren. Sie hatten nur überlebt, weil sie sich ergänzten und gegenseitig vertrauten. Sie würden einander niemals im Stich lassen, eher würden sie sterben.

»Ja, komm zu mir!«, triumphierte der Beneri. »Ich zerquetsch dich wie eine Made.« Er suhlte sich in seinem Triumph. Ein weiterer Donnerschlag ließ den Boden erbeben.

Das Signal des Vibrationsgurtes wurde immer intensiver und da sah Mitch Angia. Sie kauerte auf einem gewaltigen Gebäude, das wie ein Steinklotz wirkte. Oben auf dem Dach hatte sie ihr Gewehr über die Brüstung angelegt. Kurz bevor ihre Augen ausgefallen waren, hatte sie den Beneri gesehen, also musste er sich in der Richtung aufhalten, in die sie zielte. Mitch rannte bis kurz vor Angias Position und bog dann um die Ecke einer Ruine. Dort stand ein weiterer Mechatron, wesentlich kleiner, mit einem durchsichtigen Visier, einen Arm in den Boden gerammt. Offenbar war darin ein Erdbebengenerator integriert, mit dem er das Gebäude, auf dem Angia lauerte, zum Einsturz bringen wollte. Mitch stürmte ihm entgegen, was dem Beneri ein höhnisches Lachen entlockte. Selbst mit funktionierenden Händen wäre der Kopfgeldjäger dem Beneri unterlegen.

»Angia, kannst du mich spüren?«

Die Frage löste bei dem Beneri einen weiteren Lachanfall aus.

»Ja«, antwortete sie.

Mitch stürmte über die offene Straße auf den Mechatron zu. Dieser besaß nur einen Waffenarm, mit dem er immer wieder Impulse in den Boden schickte. Die Straße erzitterte wie ein Raumschiff unter Beschuss.

Mitch konnte den Beneri durch die Cockpitscheibe sehen. Dieser riss vor Überraschung die Augen weit auf. Verwirrung stahl sich in seine Gesichtszüge, als er sah, dass der entwaffnete Kopfgeldjäger zum Angriff über ging.

Diesen Moment der Ratlosigkeit seines Gegners nutzte Mitch und spurtete noch näher heran. »Schieß auf mich!«

»Was?«, rief der Beneri in den Funk.

»Jetzt!«, schrie Mitch und sprang. Begleitet von einem Knall ging Mitch zu Boden.

Der Mechatron kippte nach hinten und schlug krachend auf.

Mitchs Ohren dröhnten vom Schall. Langsam nahm der Summton ab, wie ein abgestelltes Triebwerk.

»Mitch!«, hörte er seinen Namen durch das Rauschen. »Mitch! Verdammt!«

»Mir gehts gut«, antwortete er keuchend und spürte in sich hinein. Bis auf ein paar schmerzende Rippen fühlte er sich unverletzt. Der Einschlag eines Projektils aus Angias Waffe hätte seinen Körper zerrissen, weshalb er sehr sicher war, nicht getroffen worden zu sein.

Langsam rappelte er sich auf. Summend fuhren seine Hände hoch. »Angia, ich kann meine Hände wieder bewegen.«

»Ja, meine Augen funktionieren auch wieder. Sein Störsignal ist wohl kaputtgegangen.«

»Nicht nur sein Störsignal«, stellte Mitch fest, als er neben den Mechatron des Beneri trat. Das Visier des Kampfroboters war zerschmettert und der Kopf des Mannes zerfetzt.

»Ein guter Schuss ... leider.«

»Oh, hab ich den Mech demoliert?«, giftete Angia. Sie keuchte, als würde sie sich schnell bewegen.

»Nee, der Mech ist heil, großteils, nur der Beneri ist ... nun ja ... Glibber.«

»Ups«, entgegnete sie verlegen. Schon stand sie neben Mitch und schaltete ihr Funkgerät ab. Angia gehörte zur Spezies der Arberianer. Ihrer Art entsprechend hatte sie eine blasse Haut und Haare, so schwarz wie das Weltall. Für den Einsatz hatte sie ihre Haarpracht nach hinten gebunden. Ihre drahtige Statur wurde von ihrem Kampfanzug unterstrichen. Die eng anliegende Membran aus flexiblem Gewebe war mit Panzerplatten aus Zoletanium verstärkt. Ein nahezu unzerstörbares Metall, das bei einem komplizierten Terraformingprozess entstand.

Bei ihrem letzten Auftrag hatte Mitch seinen Kampfanzug zurücklassen müssen. Diese Panzerung kostete so viel wie ein Raumfrachter, weshalb er nur einen simplen Membrananzug trug, mit Stiefeln und einer Pilotenjacke darüber.

Mit ihren bionischen Augen - graue Linsen ohne Augenlider - musterte Angia den Beneri.

»Der ist hin«, bestätigte sie das Offensichtliche. »Wie es aussieht, haben wir auch den Mech zerschrotet. Im Inneren ist alles durchgebrannt. Als ich durch sein Visier geschossen habe, muss ich irgendeine Steuerungseinheit getroffen haben.«

»Jup, die Brustplatte wäre besser gewesen«, stimmte Mitch zu. »Mit dem panzerbrechenden Geschoss hättest du den Mech lahmgelegt, aber nicht den Beneri durchsiebt.«

»Glaubst du?« Angia zog die Brauen hoch.

»Nee«, gestand Mitch.

Indem sie Kugelwaffen auf Planeten mit Schwerkraft verwendeten, verschafften sie sich einen entscheidenden Vorteil. Gegen Plasmageschosse gab es Schilde, die wiederum sehr empfindlich gegenüber physischen Waffen waren. Kaum ein Verbrecher rechnete damit, mit panzerbrechender Munition beschossen zu werden.

»Ich nehme an, der hätte auch unsere Plasmawaffen gehackt«, urteilte Angia und kniete sich zu dem Beneri hinunter, sie sog geräuschvoll den Geruch des Blutes ein.

»Du willst doch nicht ...« Mitch schauderte.

Angia sah auf und leckte sich über ihre scharfen Eckzähne. »Manchmal reizt mich der Gedanke. Besonders, wenn du wieder Kuchen gegessen hast. Dann riechst du zuckersüß.«

Mitch schluckte. »Immer, wenn du so was sagst, weiß ich nicht, ob du es ernst meinst.«

»Oh ich meine es ernst, aber keine Sorge, ich hab mich im Griff. Auch wenn synthetische Eisenlösung nicht so gut schmeckt wie ...«

»Ich rufe die kleine Kiste, dann können wir den einladen«, wechselte Mitch das Thema.

»Wir sollten ihn lebend fangen«, erinnerte Angia. »Für eine Leiche bekommen wir nicht einen Credit.«

»Na, versuchen können wir's ja, und wenn nicht, vielleicht können wir den Mech verkaufen.«

»Ja, super, ein zerschmolzenes Stück Schrott.«

»Was, wenn das Zoletanium ist?« Mitch klopfte auf das Bein des Mechatrons.

»Das ist Ebasstahl. Billiger Schrott. Für das Ding bekommst du vielleicht zwanzig Credits.«

»Wie auch immer, für zwanzig Credits lade ich dich auf Y7 auf ein rekurianisches Ale ein.«

Angia grinste breit. »Nein danke. Nach drei Gläsern muss ich dich wieder zum Schiff tragen. Du weißt, dass du dieses Zeug nicht verträgst.«

»Schon richtig«, stimmte Mitch zu und musste selber grinsen. »Ich stehe aber nicht auf dem Tresen und singe: ›Mir geht das Herz auf‹, von ... wie hieß deine Lieblingssängerin noch mal?«

»Wir wollten nicht mehr darüber reden«, knurrte Angia.

»Die Erinnerung daran hält mich nachts warm.«

Rauschend näherte sich die Kiste und senkte sich auf

die Straße hinab. Das quaderförmige Raumschiff war nicht dazu gemacht, sich innerhalb einer Atmosphäre zu bewegen, obwohl es sich bei der kleinen Kiste um ein Landungsshuttle handelte. Deshalb flog es nur langsam.

»Wenn du willst, verprügel ich dich vor dem Schlafengehen, das hält dich auch warm.«

Mitch lachte.

»Ich gehe noch schnell mein Gewehr holen, es liegt da hinten. Wenn du den da aufgeladen hast, kannst du mich ja abholen.«

»Ja ja, lass die Arberianerin die Arbeit machen, während du spazieren gehst.«

»Du bist stärker als ich«, argumentierte Mitch, als er sich im Gehen umdrehte. »Außerdem hast du dann Zeit, etwas von seinem Blut zu kosten, ohne dass ich es bemerke.«

Für einen Moment schien Angia darüber nachzudenken. Dann schnaubte sie nur und bestieg die Kiste, um Frachtgurte zu holen.

Mitch schlenderte indes durch die verfallene Stadt. Hier musste einst eine Hochkultur gelebt haben. Solche gewaltigen Gebäude schuf keine unbedeutende Spezies. Auch die Metallklumpen, die zu beiden Seiten der Straße standen, ließen auf eine wohlhabende Kultur schließen. Das waren mit Sicherheit Transportvehikel gewesen, wenn auch primitive. Zumindest ließen die Achsen, auf denen sie ruhten, nur diesen Rückschluss zu. Die verödete Fläche rechts von Mitch war einst ein Park gewesen. Wer auch immer hier gelebt hatte, musste sich die Natur untertan gemacht haben. Aus einigen Geschichtsbüchern, die er aus reiner Langeweile gelesen hatte, wusste er: Der Verfall einer Kultur begann, wenn sie die Natur unterjochte.

Er fand sein Gewehr im Staub neben dem anderen Mechatron liegen. Dieser stand immer noch regungslos da.

»Vielleicht sollten wir den auch mitnehmen«, überlegte Mitch laut und mit offenem Kanal zu Angia.

»Nur, wenn du ihn auf den Schoß nimmst, dafür haben wir keinen Platz mehr«, meldete sich seine Partnerin. Gerade flog sie mit dem Landungsschiff herbei und senkte es neben Mitch ab.

»Wir haben noch Platz«, widersprach er.

»In der kleinen Kiste ist es jetzt schon eng, dann müssen wir zweimal fliegen. Das Rumgondeln frisst ´ne Menge Antriebsenergie, und die wird langsam knapp. Deshalb kommst du jetzt an Bord und wir hauen ab.«

»Ja Mama.«

Mitch bestieg die Frachtluke und konnte sich gerade noch an einer Verstrebung festhalten, denn Angia wartete nicht, bis er ganz in der Kiste war, sondern schoss gleich in den Himmel empor. Bei ihrem Abflug schloss sich die Luke hinter ihm automatisch. An dem rasanten Start erkannte Mitch, dass Angia irgendetwas belastete. Er quetschte sich an dem Mechatron auf der Laderampe vorbei, setzte sich auf den Sitz des Copiloten und klinkte seine Prothese in die Ladevorrichtung der Armstützen ein.

»Ist was? Du wirkst etwas angefressen«, fragte er und versuchte, möglichst beiläufig zu klingen.

»Ich hab auf dich geschossen«, platzte es aus ihr heraus.

»Ja, weil wir uns vertrauen«, entgegnete Mitch. »Ich würde keinen anderen auf mich schießen lassen, jedenfalls nicht ungestraft.«

»Das ist nicht witzig«, grollte Angia, als sie die Atmosphäre des Planeten durchstießen.

»Das war auch nicht als Witz gemeint«, entgegnete Mitch ernst.

»Dass wir bei unserem Job draufgehen, an den

Gedanken hab ich mich gewöhnt, aber dass ich dich ... dass ...«

»Versteh schon«, erwiderte Mitch und lehnte sich zurück. In dem abgeschirmten Cockpit waren die G-Kräfte kaum zu spüren.

»Wir hatten nur keine Wahl. Er hätte dich mit dem ganzen Gebäude zermalmt und ... ich meine ... von uns beiden bist du unsterblich. Es wäre unfair von dir, wenn du vor mir abkratzt.«

»*Unfair?*« Angia lächelte milde.

»Wie wärs mit einem Pakt?«, fragte Mitch.

»Noch einer? Bei wie vielen sind wir denn jetzt?«

»Ich glaube einundvierzig. Ist auch egal. Wir versprechen uns, dass keiner von uns beiden innerhalb der nächsten zehn Sternenjahre abnippelt.«

»Und dann?« Angia sah ihn fragend an.

»Dann ... Dann verhandeln wir neu«, seufzte Mitch und schloss die Augen.

»Abgemacht.«

2

»Wie tot?«, fragte Patt über den Kommunikator der Kiste. Auf dem Display war der Auglaras nahezu störungsfrei zu sehen. Er hatte grüne Schuppen und eine platte Nase. Mit seinen geschlitzten Pupillen fixierte er Angia und Mitch abwechselnd. Zumindest tat er so, denn die Übertragung ließ keinen echten Augenkontakt zu.

»Na tot eben, zerschrotet, zermatscht, geplatzt, in Fetzen geschossen«, zählte Mitch geduldig auf.

»Dasss Kopfgeld war auf *lebend* ausssgesssetzt. Dasss bedeutet, die Beneri wollten ihn wiederhaben«, erklärte Patt, als würde er mit einem Kind sprechen.

»Was wir versucht haben, ihm klar zu machen«, entgegnete Mitch. »Hat er aber nicht eingesehen. Stattdessen wollte er uns umbringen. Unser Leben stand gegen seines, also haben wir uns für ... nun ja, für uns entschieden. Sonst könnten wir schließlich nicht so fröhlich plaudern.«

»Sssehr witzig«, entgegnete der Auglaras. Die Gesichter dieser Spezies verfügten kaum über Mimik, weshalb Mitch aus Patts Gesicht nicht schlau wurde.

Angia konzentrierte sich hingegen auf das Steuern der großen Kiste. Zumindest tat sie so, denn das Raumschiff flog auf Autopilot und über ihre bionischen Augen war sie mit dem Schiff verbunden, so hatte sie die Anzeigen immer im Blick, sobald die sich mit der Kiste verlinkte.

»Die Beneri wollten ihn lebend, weil er Geheimnissse gessstohlen hat. Irgendeine Sssoftware, die angeblich in jedesss Sssystem einbrechen und esss ssstören kann, eine Sssuperwaffe.«

Angia zuckte kaum merklich zusammen. Mitchs Miene gefror. »Davon hat er nichts gesagt«, plapperte er los, um seine Überraschung zu überspielen.

»Natürlich nicht, du Trottel«, zischte Patt.

Angia hob an, etwas zu erwidern, doch Mitch gebot ihr mit einer unauffälligen Geste zu schweigen.

»Wir übermitteln die Koordinaten des Planeten, auf dem wir den Beneri gefunden haben. Vielleicht sind die den Auftraggebern auch was wert. Wir haben nicht nach seinem Unterschlupf gesucht. Womöglich finden sie dort, was sie suchen. Sein Mech wurde jedenfalls komplett zerstört, der ist nur noch ein Klumpen Metallschrott.«

»Na wenigstensss etwasss«, seufzte der Auglaras.

»Hast du ´nen anderen Auftrag für uns?«, fragte Mitch, um das Thema schnellstens zu wechseln.

»Möglichst einen, bei dem es nicht drauf ankommt, in wie vielen Stücken wir das Ziel zurückbringen«, knurrte Angia.

»Nee, da issst im Moment nichtsss offen«, sagte Patt, während er am Kommunikator vorbei auf seinen Monitor sah.

Angia sah Mitch an. Er wusste genau wie sie, dass sie dringend ein paar Credits brauchten und ein paar bedeutete viele. Nicht nur, um die Energie ihres Raumgleiters aufzuladen, sondern vor allem für Reparaturen daran. Die Kiste verwandelte sich langsam in eine Klapperkiste.

»Ich hab da nur eine Sssache, aber dasss issst sssicher nichtsss für euch.«

»Kommt drauf an«, sagte Mitch zögernd.

»Auf wasss?«, fauchte Patt.

»Auf die Bezahlung, wir können alles«, mischte sich

Angia ein.

»Ssso? *Allesss?*« Patt fletschte gehässig die Zähne. »Bei dem Auftrag geht esss um eine Beneriprinzesssin.«

Angia seufzte schicksalsergeben.

»Also eine Eskortmission?«, ging Mitch der Befürchtung seiner Partnerin nach. *Ich hasse Eskortmissionen*, dachte er bei sich. Leider brachten gerade die oft viele Credits ein. Zu seinem Leidwesen waren die zu eskortierenden Gäste oft unausstehlich. Zwar waren die *Gäste* ihrer Kopfgeldmissionen auch nie besonders freundlich, allerdings musste man auf deren Beschwerden nicht eingehen. Im Gegenteil, wenn gesuchte Verbrecher nicht lamentierten, machte man bei ihrem Transport etwas falsch.

»Nicht direkt«, erwiderte Patt. »Sssie issst wohl in Gefangenssschaft geraten, bei den Rekurianern. Jemand musss sssie dort heraussholen. Dasss issst ...«

»Eine Selbstmordmission«, urteilte Angia.

»Zweifellosss«, stimmte Patt zu.

Rekurianer und Beneri waren bis aufs Blut verfeindet.

»Na dann ... übermittel uns die Daten«, resignierte die Arberianerin.

Mitch sah sie verblüfft an. Daraufhin wandte er sich Patt zu, dessen rechter Mundwinkel leicht zuckte. Was auch immer das bedeuten sollte.

»Übertragung kommt und issst abgeschlosssen«, meldete Patt. »Viel Glück, oder wasss auch immer euch hilft.« Er trennte die Verbindung.

»Was sollte das denn?«, fragte Mitch verblüfft. »Du nimmst eine solche Mission an. Hast du nicht selbst gesagt, dass das Selbstmord ist?«

»Haben wir uns nicht gerade geschworen, dass wir die nächsten zehn Jahre nicht sterben?«, fragte Angia und lächelte schief. »Was kann uns also passieren?«

»Wo du recht hast.« Mitch klappte seinen Sitz zurück und schloss die Augen. Angia musste nicht schlafen. Er, als einfacher Mensch, hingegen schon.

»Du kannst dich auch in deine Koje zurückziehen«, bot Angia an.

»Ich bleib besser hier, bevor du noch eine Selbstmordmission annimmst. Vielleicht so etwas wie die Befreiung von einem rekurianischen Tyrannen, der von den Beneri gefangen genommen worden ist.«

»Du redest Unsinn«, widersprach Angia. »Hätten sie einen Tyrannen gefangen, könnten sie einfach einen Gefangenenaustausch durchführen und uns in Ruhe lassen. Aber es ist besser, wenn du hier schläfst. So wie du schnarchst, fürchte ich immer, unser Antrieb wäre kaputt.«

»Mhm ja, ganz wunderbar.« Mitch hörte schon gar nicht mehr zu, sondern sank in einen traumlosen Schlaf.

3

Eine halbe Million Credits. Diese Zahl spukte Mitch lange im Kopf herum. Er hatte Angia, nachdem er aufgewacht war, nach der Summe für ihren Auftrag gefragt. Vor seinem Schlummer wollte er sich nicht mehr damit belasten und er kannte sich gut genug. Egal welcher Betrag aufgerufen worden wäre, es hätte ihn um den Schlaf gebracht. Gerade dann, wenn es die Credits nicht wert waren, seinen Arsch dafür zu riskieren. Bei einer halben Million war das etwas anderes. Diese Zahl machte ihn misstrauisch. Für eine Beneriprinzessin eigentlich zu wenig, aber verlockend für jeden Halsabschneider. Dennoch war es eine beachtliche Stange Credits. Dafür konnten sie die Kiste reparieren und sich einen zweiten Zoletaniumkampfanzug leisten. Nur ... niemand zahlte grundlos so viele Credits. Natürlich hing die Bezahlung mit der Schwere des Auftrags zusammen. Um die besten Kopfgeldjäger zu engagieren, war es aber zu wenig. Für eine halbe Million legte sich von denen keiner mit den Rekurianern an. Mitch und seiner Partnerin blieb lediglich keine Wahl. Sie brauchten dringend ein paar Credits, wenn sie nicht wollten, dass ihnen die Energie ausging und sie als Weltraumschrott endeten. Während Mitch geschlafen hatte, hatte Angia deshalb die öffentlich zugängliche Kopfgelddatenbank durchsucht. Die Auftragslage war überraschend schlecht und jeder offene Kontrakt würde sie in Bereiche des Universums führen, für die ihre Antriebsenergie kaum noch ausreichte.

Es gab einen weiteren Grund, misstrauisch zu sein,

denn Patt hatte ihnen mit dem Auftrag ziemlich exakte Koordinaten gegeben, wo die Prinzessin gefangen gehalten wurde. Und zwar im Grenzbereich des Rekurianersektors zu den Gonariern. So eine wichtige Gefangene brachte man doch ins Zentrum seines Sektors und nicht an einen Ort, an dem man Gefahr lief, in Konflikt mit einer zweiten Großmacht zu kommen. Auf all das wusste sich Mitch keinen Reim zu machen.

Angia und er vertraten seit jeher die Einstellung: erst mal schauen. Sie hatten schon sehr ertragreiche Missionen, die zunächst so klangen, als wären sie nicht zu bewältigen, spielendleicht abgeschlossen. Einmal hatten sie einen Auglaras zur Strecke bringen sollen. Einen Mörder, bis an die Zähne bewaffnet. Angeblich hatte er schon hunderte Kopfgeldjäger getötet. Angia und Mitch hatten ihn in einer Bar aufgestöbert, stockbesoffen, auf dem Boden liegend. Das waren bisher ihre leicht verdientesten neunzigtausend Credits gewesen.

Aber eine halbe Million ...

»Vielleicht sitzt die Prinzessin in einer Raumschleuse, feilt sich die Nägel und wartet nur auf eine Mitfahrgelegenheit«, überlegte Mitch laut. Er stand im Frachtraum neben dem toten Beneri. Die Leiche steckte noch immer in dem kleinen Mechatron. Mittlerweile war der Rest seines Kopfes von der künstlichen Schwerkraft in der Kiste zerquetscht worden. Die Beneri hatten sehr weiche, empfindliche Körper, weil sie eine wesentlich niedrigere Schwerkraft gewöhnt waren. In einer Gravitation, die für Beneri ungefährlich war, bewegten sich Menschen wie durch Sirup. Hoffentlich hatte die Prinzessin einen Antigravitationsanzug, sonst würde es für sie in der Kiste ziemlich ungemütlich werden.

Um sicherzugehen, nahm sich Mitch noch einmal

den Beneriwissenschaftler vor. Er trug in dem Mech mit Sicherheit einen Antigravitationsanzug. Den konnten sie bei der Befreiungsaktion bestimmt gut gebrauchen. Denn die einfachste Variante, eine Beneri einzusperren, war, sie ohne einen solchen Anzug in einen Bereich mit verminderter Schwerkraft unterzubringen, während man in den Räumen drum herum die Schwerkraft etwas erhöhte. Bei einem Fluchtversuch würde die Beneri zerquetscht werden. Um diese Hürde am einfachsten zu überwinden, war es klug, einen Antigravitationsanzug im Gepäck zu haben.

Mitch nahm ein Hypertool aus der Halterung und setzte es auf der Brustplatte der Rüstung an. Mit dem Werkzeug konnte man Metallverbindungen lösen, wenn sie nicht verschweißt oder aus Zoletanium waren. Aber Angias Scan war richtig, das Metall bestand aus einer minderwertigen Legierung. Es eignete sich nicht einmal für die Außenhülle eines Raumschiffes.

Mit einem Knacken gaben die Verbindungen im Inneren nach. Mitch fand schnell die übrigen Kontakte und löste die Platte. Sie wog schwer in seinen mechanischen Händen. Achtlos warf er sie beiseite. Sogleich flutete der Geruch von verbranntem Fleisch und durchgeschmorten Schaltkreisen den Frachtraum.

»Zumindest ist der Typ gut durch«, scherzte Mitch, um sich über die eigene Abscheu hinwegzutäuschen. Immer wenn er die Leiche einer anderen Spezies sah, erinnerte es ihn an seine Verletzlichkeit. Angia hatte ihn einmal mit einer ulbarischen Fliege verglichen, zwar penetrant, aber leicht zu zerquetschen. Recht hatte sie. Wobei die Arberianerin genauso verwundbar war. Dafür war sie ihm in Körperkraft und Langlebigkeit weit überlegen.

Mitch löste die nächste Platte.

»Angeblich hast du ein Hackingtool gehabt«,

überlegte Mitch. »Software, die mit deiner Rüstung verschmort ist, nehme ich an.«

Auch unter der Platte waren die Schaltkreise zu einer einzigen Masse zusammengeschmolzen.

»Seltsam eigentlich«, überlegte er. Angia hatte den Beneri mit einem Kopfschuss erledigt. Doch bisher fand Mitch keine Anzeichen dafür, dass sie irgendetwas getroffen hatte, was einen derartigen Kurzschluss erzeugen konnte. Dennoch musste es im Kern der Rüstung zu einem massiven Energieausstoß gekommen sein. Selbst jeder Anfänger sicherte die Schaltkreise dagegen ab. Ein Wissenschaftler würde doch daran denken.

»Es sei denn, es ist Absicht. Eine Art Totmannschalter. Der Energiekern ist an die Lebenszeichen des Trägers gekoppelt und wenn dieser stirbt, kommt es zu einer Überladung, damit die Kampfrüstung unbenutzbar wird.«

Mitch zerlegte den Panzer Stück für Stück. Tatsächlich legte er einen Beneri im Antigravitationsanzug frei. Dieser war mit einer unförmigen Masse gefüllt. Es waren die sterblichen Reste des Beneriwissenschaftlers. »Na immerhin. Den kann man vielleicht noch verwenden.«

Wie alle Beneri, die Mitch bisher getroffen hatte, war auch dieser etwa einen Kopf kleiner als er. Angewidert hob Mitch den zusammengesunkenen Körper samt Antigravitationsanzug aus dem Kampfpanzer und trug ihn zur Schleuse. Wie auch immer die Reste des Beneri im Anzug aussehen würden, er würde sie gleich im Weltraum entsorgen. Mitch öffnete den Kragen, der den Kopf mit einem Kraftfeld stabilisierte, damit er nicht vom Anzug eingeschlossen werden musste. Danach zog er den Verschluss über der Brust auf und holte den Körper heraus. Von dem Beneri war nicht mehr als ein

Fleischsack geblieben. Wenn er jemals Knochen gehabt haben sollte, hatte die Schwerkraft sie zermalmt. Er legte den Toten in die Schleuse und schoss ihn ins All. Möglicherweise hätten sie die Leiche noch brauchen können, um dessen dahinscheiden zu beweisen. Allerdings stand dem das Risiko entgegen, unterwegs von einem Beneriraumschiff gescannt zu werden. Wenn die einen toten Artgenossen in der Kiste bemerkten, dann würden Mitch und Angia echte Schwierigkeiten bekommen. Es war also eine simple Abwägung. Das damit verbundene reale Risiko war jedenfalls um etliches höher als der mögliche Nutzen.

Danach prüfte Mitch den Antigravitationsanzug, indem er ihn am Kragen einschaltete. Tatsächlich blinkten rings um das Halsloch fahlblaue Lichter auf. Der Anzug wurde sofort leichter.

»Ausgezeichnet.« Prüfend warf Mitch den Anzug hoch und er segelte wie eine Feder hinab. Als Mitch ihn auffing, bemerkte er ein Blitzen am Kragen. Um eine Fehlfunktion des Anzugs auszuschließen, umfasste er die Stelle mit seiner rechten Prothese, damit diese eine Analyse der Elektronik vornahm. Im selben Moment wurde es stockdunkel. Mitch spürte das Verlöschen der künstlichen Schwerkraft, indem er vom Boden abhob und seine Prothesen an Gewicht verloren.

»Verdammt Mitch, was treibst du da?«, meldete sich Angia über Funk.

»Wieso ich?«, entgegnete Mitch automatisch, er konnte sich keinen Reim darauf machen, was soeben geschehen war. Suchend sah er sich um. Weil aber die komplette Beleuchtung ausgefallen war, zog er seinen Visor aus der Jacke. In der Dunkelheit konnte er ihn weder sehen noch spüren, weswegen er länger als sonst benötigte, um den Visor aufzusetzen und zu aktivieren. Endlich durchbrach das Infrarot die Finsternis. Wie aus dem nichts tauchte vor Mitch eine wütende Fratze mit toten Augen auf.

»Verdammt, Angia!« Keuchte er. »Mir ist fast das Herz aus der Brust gesprungen.« Er griff sich theatralisch an den Brustkorb.

»Sag mir lieber, was du getan hast«, fauchte sie. »Alle Systeme der Kiste sind ausgefallen und wenn ich mich richtig erinnere, braucht deine Spezies Sauerstoff. Wir sollten das also schnell wieder hinbekommen, bevor dir die Luft ausgeht.«

»Ich hab nur eine Fehlfunktion des Antigravitationsanzugs überprüft.« Er rief die Anzeige seiner Prothese auf. »Wie es aussieht, ist dabei irgendwas auf meine Arme übergesprungen und ...«

An Angias Gesichtsausdruck sah er, dass sie im selben Moment zur gleichen Erkenntnis gekommen waren.

»Das Hackingtool«, sprachen sie wie aus einem Mund.

»Du verdammter Bastard hast es auf deine Prothesen geladen und damit unser Schiff kaputtgemacht.«

»Ja ja, so viel hab ich jetzt auch verstanden«, Mitch hob seinen rechten Unterarm, rief im Display die Updates auf und klickte auf den neusten Eintrag. Ein Textfenster erschien, in dem mit großen Buchstaben stand: »Test der Software 404 abgeschlossen.«

Angia trat hinter Mitch und sah ihm über die Schulter. Nur aus dem richtigen Winkel war das holographische Display einsehbar.

»Mach es rückgängig!«, zischte sie.

»Ich weiß nicht wie.« In seinen Prothesen hatte er etliche Systeme, Werkzeuge und sogar Waffen verbaut. Sie reagierten auf Gedankenimpulse oder Muskelbewegungen in seinen Stümpfen.

Eine Hackingsoftware war jedoch neu für ihn.

Einigermaßen ratlos öffnete er das Programm und fand tatsächlich ein Bedienfeld für die neue Software.

»Das ist Beneri«, stellte er resigniert fest. Er kannte die verschlungenen Schriftzeichen nur zu gut, leider wurde er aus ihnen nicht schlau.

»Lass mal sehen.« Mit festem Griff zog Angia ihn näher an sich heran. Mitch spürte ihren kühlen Körper gegen seinen drücken.

»Das zweite Icon von links unten.«

»Das da?«, fragte Mitch und zeigte mit dem metallenen Finger darauf.

»Das ist rechts«, verbesserte Angia. Er hörte regelrecht ihr Grinsen. Über seine Rechts-Links-Schwäche amüsierte sie sich ständig.

Mitch tippte auf das Symbol und augenblicklich sprang das Schiff wieder an. Das beruhigende Summen ihres Antriebs durchbrach die Grabesstille des Weltraums. Die beiden Kopfgeldjäger landeten auf dem Boden, stießen dort gegeneinander und rangen um ihr Gleichgewicht.

Langsam lösten sie sich wieder voneinander. Mitch bemerkte, wie Angia dabei seinen Duft einsog. Sie drohte oft damit, ihn eines Tages zu verschlingen. Er war bis heute nicht sicher, ob sie ihre Drohung irgendwann wahr machen würde.

»Damit hätte ich rechnen müssen«, sprach die Arberianerin.

»Mit was?«, fragte Mitch, von seinen Gedanken abgelenkt.

»Na der Beneri ist ein Wissenschaftler gewesen, oder?«

»Äh … ja … und?«

»Ein Wissenschaftler wissenschaftlert doch nur, um mit seiner Forschung unsterblich zu werden. Er hätte nicht zugelassen, dass seine Errungenschaft bei seinem

Tod kaputt geht. Als du damit in Berührung gekommen bist, muss es sich auf deine Prothesen geladen haben, damit seine Forschung weiterlebt.«

»Das ist ... absurd«, urteilte Mitch.

»Ach so?« Angia zog ihre schmalen Brauen nach oben. »Hast du eine andere Idee?«

»Na es ist wohl so, wie du sagst, aber meine Prothesen sind Rekurianertechnologie. Warum sollte er ein Hackingtool so programmieren, dass es mit der Technologie seines Erzfeinds kompatibel ist? Das ergibt doch keinen Sinn.«

»Hmm.«

»Wenn es meine Prothesen sofort zerstört hätte, das könnte ich verstehen, aber so.«

»Du vergisst, dass der Kerl von seinem eigenen Volk zum Abtrünnigen erklärt worden ist und man ein Kopfgeld auf ihn ausgesetzt hat. Vielleicht genau deswegen. Weil er diese Technologie an ihre Feinde verkaufen wollte.«

»Möglich, aber unwahrscheinlich. Wie viele Beneri kennst du, die sich gegen ihr eigenes Volk gestellt haben? Beneri, die in Ungnade fallen, okay, aber so eine Technologie an den Feind zu verkaufen? Wenn man damit ganze Raumschiffe abschalten kann, das wäre eine absolut kriegsentscheidende ... Waffe«, Mitch kam ins Stocken. »Meinst du, die suchen danach?«

»Du meinst, die würden ein Kopfgeld auf uns aussetzen?«

Mitch nickte.

»Nee, wir haben ihnen ja die Koordinaten des Planeten gegeben, auf dem sich der Kerl versteckt hat. Und auch mitgeteilt, dass mit ihm alles zerstört wurde. Aber ich kann das mal prüfen. Und falls uns Gefahr droht ... Also wenn die Software noch im Anzug drinsteckt, geben wir sie einfach ab und dann können sie uns nichts.« Angia wandte sich der Rüstung zu.

»Ich hab sie aus dem Antigravitationsanzug gezogen, genauer gesagt aus dem Kragen.«

Angia packte den Anzug und scannte ihn mit ihren bionischen Augen. »Da ist tatsächlich ein Chip, wo keiner hingehört. Da muss die Software drauf gewesen sein.«

»Gewesen sein?«

»Jep, er ist durchgeschmort.«

»Das bedeutet, die Software ist jetzt in meiner Prothese?«

»Jep, ich fürchte, du hast die einzige Version davon im Arm.«

»Das ist ... der Wahnsinn!«, triumphierte Mitch.

Angia sah ihn fragend an.

»Na denk doch mal nach! Wenn ich hiermit alles ab- und anschalten kann, wann und wie ich will, sind wir unbezwingbar!«

»Ist dir eigentlich klar, was du mit dem Ding anrichten kannst? Es bedeutet ja nicht, dass du einfach alles abschalten kannst. Vielleicht bringst du damit auch Programme durcheinander und zettelst aus Versehen einen Krieg an. Das wäre nicht das erste Mal.«

»Ich hab noch nie einen Krieg ...«

»Muss ich dich an den Auglaras und den Rekurianer in der Bar erinnern?«

»Woher hätte ich wissen sollen, dass die beiden hochrangige Generäle sind? Außerdem hab ich mit ihrem Streit nichts zu tun.«

»Du hast großspurig verkündet, dass ein Auglaras einen Rekurianer zum Frühstück verspeisen könnte.«

»Ja und? Soweit ich weiß, fressen Auglaras sich sogar gegenseitig, wieso nicht andere Spezies verschlingen? Ich hab nur ...«

»Ach, hör doch auf. Du wolltest, dass sich die beiden

zerfleischen.«

»Ja okay«, gab Mitch nach. »Aber der Rekurianer war eine derart arrogante Sumpfmade, der hat wirklich verdient ...«

»Von einem Auglaras die Kehle rausgerissen zu bekommen?«

Mitch tat, als würde er nachdenken, nur um dann mit einem getragenen »Ja« zu antworten. »Er hat mich deinen *Blutsklaven* genannt. Dafür ist es nur gerecht, wenn er ein bisschen blutet.«

»Dein Stolz bringt dich noch um. Außerdem hättest du es gut bei mir, als mein Blutsklave«, stichelte Angia.

»Wenn du willst, kannst du mir gerne Körperflüssigkeiten absaugen, nur kein Blut.«

Angia warf den Kopf zurück. Jeder andere würde die Augen verdrehen, nur war das mit ihrer Bionik nicht mehr möglich. Deshalb drückte sie auf diese Weise ihre Missbilligung aus. »Wie auch immer, du musst mit dem Scheiß aufpassen.«

»Du meinst, mit plumpen Anmachsprüchen?«

»Das auch. Aber vor allem meine ich, mit dem Hackingtool herumspielen, erst recht, weil du die Sprache nicht lesen kannst. Du hast keine Ahnung, was du anrichtest, wenn du dort irgendwelche Tasten drückst. Möglicherweise sprengst du damit die Kiste.«

»Gut, ich pass auf.«

»Das reicht mir nicht. Wir laden die Software auf die Kiste. Dann hab ich die Kontrolle darüber. Komm mit ins Cockpit.«

»Du willst mir also mein neues Spielzeug gleich wieder wegnehmen?«

»In unser beider Interesse: Ja verdammt!«

4

»Interessant«, urteilte Angia, als sie das Interface des Hackingtools betrachtete. Ihnen war es nicht gelungen, es sicher auf den Bordcomputer zu übertragen. Irgendwie sperrte es sich dagegen. Als hätte sich das Programm in Mitchs Arm festgesetzt. Deshalb musste Mitch ihr den Arm hinhalten, damit Angia das Display betrachten konnte.

Mitch saß daneben und versuchte vergeblich, aus den wirren Symbolen schlau zu werden.

»Sehr interessant«, grübelte Angia laut, bis es Mitch nicht mehr aushielt.

»Was ist so interessant?«, fragte er genervt.

»Es ist eine Art automatisches Programm, das ein Computersystem über den Kommunikator angreift. Es klinkt sich ein und funktioniert dann wie ein An- und Ausschalter. Eigentlich sehr simpel, zumindest in der groben Anwendung. Es gibt viele Unterkategorien und Feinabstimmungen, die ich nicht verstehe. Aber stell dir mal vor, man schaltet damit die Kühlung eines Reaktors ab oder die lebenserhaltenden Systeme eines Raumschiffs.«

»Dann wird es zu einer Massenvernichtungswaffe.«

»Genau. Deine Prothesen sind mit der Kiste verbunden, deshalb hab ich die automatische Cyberabwehr darauf angesetzt. Zwar kann es das Programm abwehren, aber das Hackingtool lernt dynamisch dazu. Es sucht sich Lücken im Programm, die es angreift.«

»Erstaunlich.«

»Nicht wirklich. Es gibt Softwareabwehrsysteme, die ähnlich arbeiten. Das Hackingtool wird dadurch aber unberechenbar. Man weiß nie, ob man mit seinem Angriff auf ein fremdes Computersystem durchkommt, ob man automatisch abgefangen wird oder einen Alarm auslöst.«

»Zumindest könnte man etwas Verwirrung stiften«, schlussfolgerte Mitch.

»Jep.«

»Und wie kann man es anwenden?«

»Im Grunde scheint man es an jedes Signal anhängen zu können.«

»Soll das bedeuten, damit kann ich in jeden Bordcomputer einbrechen, sobald er mein Signal auffängt, ohne dass er eine Übertragung bestätigen muss?«

»Nein. Aber wenn du es schaffst, dich in eine bestehende Funkverbindung einzuschalten, dann sollte es sich Zugang verschaffen können.«

Mitch stieß einen Pfiff aus. »Wir sollten niemandem sagen, dass wir dieses Ding haben. Was meinst du, wie einfach unser Job auf einmal wird, wenn wir jemanden verfolgen? Wir könnten sein Raumschiff einfach abschalten. Oder alle seine Plasmawaffen oder Implantate.«

Angia erwiderte sein Grinsen. »Nur ... ich glaube, dass ... also die Abwehrsysteme gegen Cyberangriffe werden immer besser. Ich vermute also, man muss dieses Programm ständig nachjustieren. Dazu kenne ich mich aber zu wenig aus, ich versteh nicht mal die Hälfte der Software. Mit Sicherheit kann ich nur sagen, wie du dich einhackst und den Ein- und Ausschalter bedienst. Und wenn die Beneri wissen, dass so ein Stück Software existiert, werden sie alles daran setzten, sich dagegen zu schützen.«

»Ja aber, wie oft jagen wir schon einen Beneri? Also von unserem letzten Auftrag abgesehen, meine ich.«

»Klar«, stimmte Angia zu. »Ich würde mich nur nicht darauf verlassen, dass es immer funktioniert.«

»Schon klar.«

Mitch rief das Hackingtool über das Holodisplay in seinem Arm auf und schaltete die Kiste mit einem Tastendruck ab.

»Mitch!«, brauste Angia auf.

»Ich übe ja nur.« Mit einem erneuten Tastendruck schaltete er die Kiste wieder ein.

»Würdest du das bitte lassen? Wenn die Kiste nicht mehr anspringt, dann ...«

»Ersticke ich, schon klar«, stöhnte Mitch getragen. »Wie sieht es eigentlich aus, sind wir bald da?«, wechselte er das Thema. Er warf einen Blick auf die Raumkarte.

»Solange wir mit dem Teil herumspielen, wollte ich nicht in den Hyperraum fliegen. Wenn die Kiste dort einfach anhält, werden wir zerfetzt«, erklärte Angia.

»Mhm«, brummte Mitch verstehend und besah sich die Raumkarte. »Wir kommen aber gefährlich nah an den Gonariersektor.«

»Wir haben die Erlaubnis, den Sektor zu passieren, das ist nicht das Problem«, entgegnete Angia.

»Ja schon, aber würden Rekurianer eine Beneriprinzessin wirklich so nah an den Gonariern gefangenhalten?.«

»Die Gonarier sind neutral, die mischen sich nicht ein«, urteilte Angia.

»Noch nicht.«

»Du meinst, die Rekurianer legen es darauf an, dass die Beneri sich die Gonarier zum Feind machen, indem sie an der Grenze der drei Sektoren einen Kampf anzetteln?«

»Möglich. Mir hat eine Quami gesteckt, dass die Kampfkraft der Gonarier extrem hoch ist. Mit denen legt sich keiner freiwillig an. Es sei denn, man will den Untergang seiner Spezies riskieren.«

»Wir reden aber schon von Gonariern, den Pazifisten?«, erkundigte sich Angia ungläubig.

»Jup. Man erzählt sich, sie hätten den Krieg sozusagen outgesourct.«

»Outgesourct?«

»So hat die Quami jedenfalls gesagt.«

»Ich glaube, die Süße wollte dir nur eine Geschichte erzählen, um dich ins Bett zu kriegen.«

»Auf käufliche Liebe bin ich nicht angewiesen«, wies Mitch zurück.

»Woher soll ich wissen, was du treibst, wenn du auf Landgang bist.«

»Ich mische mich unter die Leute und höre zu«, erklärte er. »Etwas Gesellschaft könnte dir auch nicht schaden.«

»Ich hab Gesellschaft«, hielt sie dagegen.

»Ja, mich und eine Datenbank, in der du die ganze Zeit liest.«

»Ja, die eine Gesellschaft ist recht angenehm und unterhaltsam und du bist auszuhalten. Und jetzt sag mir, was das mit dem outgesourcten Pazifismus auf sich haben soll.«

»Nicht ihren Pazifismus haben sie outgesourct, sondern den Krieg. Beziehungsweise ihre Kriegsflotte und ihre Waffen. Angeblich haben sie die Verteidigung ihres Sektors in die Hände einer KI gelegt.«

»Klingt absurd.« Angias Miene wurde ausdruckslos. So blickte sie immer drein, wenn sie mithilfe ihrer bionischen Augen eine Enzyklopädie aufrief. »Die sind doch bescheuert«, fluchte sie. Offenbar hatte sie einen Eintrag dazu gefunden. »Was, wenn der KI ein

Schaltkreis durchbrennt und sie zu der Annahme kommt, ohne Gonarier ein leichteres Leben zu haben?«

»Da musst du einen Gonarier fragen.«

»Ich mag die nicht, die riechen komisch, so als hätten sie kein Blut, sondern irgendwas anderes in ihren Adern.«

»Jedenfalls ... Ich habs! Wenn man eine Beneri entführt, sie im Sektor der Gonarier versteckt und dann eine Benerikampfflotte die Territorialgrenze übertritt, dann wird die KI automatisch angreifen. So kommt es zum Krieg und auf einmal müssen sich die Beneri gegen zwei Spezies wehren.«

»Scheint mir sehr offensichtlich«, überlegte Angia. »Ich meine, wenn sogar du drauf kommst. Aber ... es würde zumindest erklären, warum wir den ungefähren Standort der Prinzessin kennen. Wenn man eine derart hochrangige Geisel hat, will man sie ja lieber verbergen.«

»Mhm.«

»Und was machen wir jetzt?«, fragte Angia ratlos.

»Na die Prinzessin rausholen, bevor die Beneri es versuchen.«

Die Arberianerin sah ihn fragend an. »Ich hätte nicht gedacht, dass du dich in die Politik einmischen willst.«

»Will ich eigentlich auch nicht, aber wenn ein offener Krieg losbricht, dann ... wird es zumindest ungemütlich und wir geraten zwischen die Fronten.«

»Im Krieg werden viele Kopfgelder ausgesetzt«, hielt Angia dagegen.

»Ja, aber man wird von allen Seiten beschossen, wenn man sich nicht einer Seite anschließt und wenn Gonarier und Rekurianer gegen die Beneri kämpfen, dann ...«

Die beiden schwiegen eine Weile.

»Wir könnten dieses Sternensystem auch verlassen und uns woanders niederlassen«, schlug Angia vor. »Ich hab gelesen, dass es angrenzend an das Auglaras-Territorium noch Menschen geben soll. Du könntest unter deinesgleichen sein und ich könnte mir doch den ein oder anderen Blutsklaven organisieren. Frisches Menschenblut soll ja ganz gut schmecken.«

Mitch lachte. »Nein danke, angeblich beten sie dort Metall an und sind alles in allem sehr schräg drauf. Religiöse Fanatiker.«

»Woher willst du das denn so genau wissen?«

»Das hat mir ...«

»Lass mich raten, das hat dir auch die Quaminutte erzählt?«

»Rede nicht so über sie, außerdem kommen Quami weit rum.«

»Wenn man ihre drei Beine öffnet, dann ...«

»Sie haben zwei Beine, und einen Schwanz, einen sehr flexiblen Schwanz.«

»Bei allen verstümmelten Leichen, die unseren Weg pflastern ... könnten wir aufhören, über deine Eskapaden zu reden und wieder zum Thema zurückkommen?«

»Okay, okay«, lenkte Mitch ein und grinste selbstgefällig. »Wenn du wirklich abhauen willst, dann brauchen wir Energie und unser Ladestand reicht nicht annähernd aus, um durch das Auglaras-Territorium zu kommen. Und unsere paar Credits genügen auch nicht, um unser Schiff aufzuladen. Ich würde also sagen, wir schauen uns das Ganze an, und wenn es nicht machbar ist, dann lassen wir´s halt.«

»Und was dann? Willst du deinen Körper für eine Aufladung verkaufen?«

»Wenn schon für zwei.« Mitch verschränkte mit einem selbstgefälligen Lächeln die Arme hinter seinem Kopf.

Angia grinste breit. »Abgemacht. Ich hoffe, du

gerätst an einen schleimigen Lan-Gar.«

Mitch schüttelte sich unwillkürlich, als er an die Tentakelwesen dachte. »Das sind auch nur Genusswesen. Ich hab gehört, sie haben ein Gehirn in jedem Arm. Das könnte eine sehr intensive Erfahrung werden.«

»Jup, für sie. Angeblich haben sie acht Stunden lang Sex.«

Mitch lachte und schloss die Augen. Er liebte diese Frotzeleien mit Angia. Glücklicherweise hörte ihnen niemand zu. Schließlich könnte man eine solche Unterhaltung leicht in den falschen Hals bekommen. Aber als langjährige Freunde wusste jeder von ihnen, wie es gemeint war.

5

»Vielleicht sollten wir doch kehrtmachen und ich versuch mich an dem sexhungrigen Lan-Gar«, überlegte Mitch, als er sich die Scans der Basis ansah.

Von den Koordinaten gelotst, waren sie auf einen Waldplaneten gestoßen. In dem ganzen Sektor kam dieser Ort als Einziger infrage, an dem man die Beneriprinzessin gefangen halten konnte. Die Oberfläche der anderen Planeten im Sektor waren derart lebensfeindlich, dass jedes Landemanöver einem Selbstmord gleich kam. Egal wie stark ein Schiff gepanzert war.

Von der Oberfläche des Waldplaneten hatten sie durch Zufall ein Signal aufgefangen, mit dessen Hilfe sie eine Basis geortet hatten. Ein befestigter Stützpunkt, bestehend aus mehreren rechteckigen Gebäuden, die über Gangways miteinander verbunden waren.

»Das wird nicht leicht«, stimmte Angia zu.

»Du meinst der Lan-Gar?«

»Nein, die Basis. Sie ist sehr schwer bewacht, aber was mich wundert: Dort unten gibt es nur ein einzelnes Lebenszeichen. Die Energiesignaturen weisen lediglich auf Abwehrdrohnen hin.« Sie zeigte auf die rotleuchtenden Punkte in dem Scan. Ein paar davon bewegten sich gleichmäßig durch die Basis. »Das eine Lebenszeichen könnte also wirklich die Beneri sein. Aber so ganz genau lässt sich das nicht sagen, auf der Oberfläche tobt gerade ein Unwetter. Das stört die Sensoren.«

»Wenn da keine Lebenszeichen sind, bis auf eines,

dann ist das sicherlich kein rekurianischer Posten«, überlegte Mitch.

»Wäre auch zu riskant, sich im Gonarier-Territorium mit einer politischen Gefangenen niederzulassen«, stimmte Angia zu. Wie sich nach einem Update ihrer Sternenkarte herausgestellt hatte, lagen die Koordinaten der Basis, auf der sich die Beneriprinzessin aufhalten sollte, tatsächlich im Gonarier-Territorium. Im interstellaren Raum verschoben sich die Grenzen ständig. Wahrscheinlich handelten die Spezies die Sektoren immer neu aus. Deshalb lag der Waldplanet zwar im Sektor der Gonarier aber noch vor der Hyperraumsperre. Solche Sicherheitsvorkehrungen waren notwendig, sonst konnte man eine ganze Flotte mittels Hyperraum unbemerkt über die Territoriumsgrenze bringen. Weil der Planet glücklicherweise davor lag, mussten sie nicht mit dem Impulsantrieb bis zum Ziel gondeln.

»Meinst du, wir bekommen für den Planeten eine Landeerlaubnis?«, überlegte Mitch.

»Wenn wir eine anfordern, müssten wir unsere Identifikation übermitteln. Dann wissen sie, wer wir sind, und sie könnten uns überall aufspüren«, warnte Angia.

Für gewöhnlich gingen sie so vor, wenn sie auf einem Planeten landeten. Normalerweise jagten sie aber auch Verbrecher. Es lag im Interesse der meisten Stationen, diese loszuwerden.

»Das ist eine ganz neue Situation«, überlegte Mitch. »Ich tu nicht gerne was Verbotenes. Was, wenn sie uns erwischen?«

»Die Basis ist recht klein und hat kaum Luftabwehr. Wenn sie dich erwischen, könnte ich dich mit der Kiste rausballern. Für den Anfang schlage ich aber vor, wir versuchen uns einzuschleichen. Ein Raumschiff im direkten Landeanflug sehen die sicher kommen, aber wenn du da zu Fuß reingehst ... Ich bin sicher, damit rechnen sie nicht.«

»Du redest, als wäre schon entschieden, was wir tun und vor allem: Warum soll ich da runter und du bleibst im Warmen hocken?«

»Weil ich die bessere Pilotin bin, und deinem netten Gesicht kauft man ab, dass du dich nur verlaufen hast. Wenn sie dich erwischen, kannst du dich leicht rausreden.«

Nachdem das Kompliment nur darauf abzielte, Mitch zu erweichen, schwieg er dazu. »Also gut. Mach einen Orbitalscan, ich will da unten keine Überraschungen erleben. Und such mir einen geeigneten Landeplatz für die kleine Kiste. Vorzugsweise dort, wo mich ihre Sensoren nicht erfassen können. Ich mach mich bereit.«

»Alles klar Boss«, witzelte Angia und machte sich an die Systeme, während Mitch sich umzog. Dabei griff er zu Angias Kampfanzug, der sich jeder Körperform anpassen konnte. Die Panzerplatten für die Unterarme und die Handschuhe legte er aber nicht an.

Auch wenn die Arberianerin stärker und schneller war als er, so eigneten sich seine Prothesen besser dazu, sich in eine fremde Basis einzuschleichen. Seine mechanischen Hände besaßen etliche Funktionen, mit denen er fast jede Verriegelung öffnen konnte.

Anstatt zu seinem Plasmagewehr griff er zu einer der Kugelwaffen. Sie hatten diese von einem Händler der Auglaras. Der Vorteil einer solchen Waffe bestand darin, dass sie keine Energiesignatur besaßen und somit auch von keinem Scan geortet werden konnten.

»Bist du so weit?«, fragte Mitch, stieg über eine Leiter in die *kleine Kiste*, ihr Landungsschiff, hinab, legte seinen Rucksack ab, in dem er vorsichtshalber den

Antigravitationsanzug für die Beneri gepackt hatte, und setzte sich ans Steuer. Mit geübten Handgriffen legte er sich die Gurte an. Mit seinen Prothesen war das nicht unbedingt einfach.

»Jep. Ich hab zwanzig Satelliten ausfindig gemacht, deren Signal kann ich ganz leicht stören. Ansonsten gibt es kein Schiff im Orbit. Ich nehme an, dass es eine mobile Basis ist, mit der sie, falls nötig, flüchten können. Aber wie der erste Scan ergeben hat, gibt es keine weiteren Lebenszeichen«, kam sie seiner Frage zuvor. »Der Regen auf der Oberfläche und die minimalen Energiesignaturen machten es fast unmöglich, die Basis überhaupt zu finden. Jedenfalls nicht ohne die ungefähren Koordinaten.«

»Und da soll einer nicht misstrauisch werden«, meldete Mitch über den Funk in seinem Visor.

»Wenn du Angst hast, können wir uns immer noch zurückziehen«, bot sie an. »Ich verrat´s auch keinem.« Der Scherz misslang schon an der Tonalität. Angia und Mitch ahnten es beide, etwas stimmte hier ganz und gar nicht.

»Patt hat uns noch nie angelogen«, sprach sich Mitch Zuversicht zu.

»Patt nicht, aber er ist schon mal belogen worden.«

»Jep«, stimmte Mitch zu, überflog noch einmal die Systeme und klinkte ihr Landungsschiff aus. Es war kaum Schub nötig, um in die Atmosphäre einzudringen. Dann musste er nur noch der Gravitation entgegensteuern. Die Schilde hielten wie erwartet dem Eintritt in die Atmosphäre stand. Ihm blieben nur die Koordinaten der Basis als Orientierungspunkt, denn mit den Sensoren der kleinen Kiste konnte er die Basis nicht erfassen.

»Die Sensoren der Basis reichen etwa zweitausend Secs«, meldete Angia. Der Funkspruch kam rauschend die Sprache.

Osetta sah sie nur mit arglosen Augen an.

»Ah!«, kreischte Angia und stürmte an Mitch vorbei zurück ins Cockpit. Er musste ihr regelrecht aus dem Weg springen, um nicht beiseite gefegt zu werden.

Zweifelnd sah Mitch ihr nach. Noch nie war Angia in einem verbalen Schlagabtausch besiegt worden. Jeder ihrer bisherigen Gegner verfiel entweder in Rechtfertigungen oder ging zum Gegenangriff über und dabei gewann Angia immer. Die Strategie, Angia mit ihrer Wut alleine zu lassen, war Mitch neu.

»Sie ist beängstigend«, urteilte Osetta. Sie klang nachdenklich.

»Ja.« Mitch stimmte zu, ohne genau hinzuhören. »Sie ist vielleicht die gefährlichste Frau, die ich kenne. Aber ...« Er drehte sich zu Osetta um. »Sie hat recht, was wolltet Ihr eigentlich mit eurem Funkspruch erreichen?«

»Ich ...« Sie biss sich sichtbar auf die Zunge.

Bei ihrem Anblick beschlich Mitch ein seltsamer Gedanke. »Ihr habt doch keine Rekurianer gerufen, oder?«

»Wo denkt Ihr hin!«, rief die Prinzessin mit vor Entsetzen weit aufgerissenen Augen.

Ihre Miene wusste er nicht einzuschätzen. Log sie oder war ihre Entrüstung echt?

»Dann lasst jetzt bitte die Finger von unserem Schiff«, sagte Mitch um einen freundlichen Tonfall bemüht. »Ich fürchte, Ihr werdet es bereuen, wenn Angia Euch noch einmal erwischt.«

»Hat sie denn schon einmal ...«

»Jemanden umgebracht, den wir eskortieren sollten?«, riet Mitch.

Die Prinzessin nickte.

»Nein.«

Sie atmete erleichtert aus.

»Aber sie hat schon einmal jemandem, der nicht still halten wollte, das Genick gebrochen«, erinnerte sich Mitch.

»Jemanden, den ihr beschützen solltet?«, fragte Osetta mit bebender Stimme.

»Ja, aber es war ein Auglaras, so eine Verletzung heilt bei ihnen wieder. Zwar langsam, aber ... Ihr wisst schon. Fairerweise muss man sagen, dass sie ihn gewarnt hat.«

Mitch hörte Angia im Cockpit jemanden beschimpfen.

»Entschuldigt mich.« Mitch hastete vor ins Cockpit.

Auf dem Kommunikationsbildschirm flimmerte Patts Gesicht. Der Leiter des Kopfgeldjägerbüros war kaum zu erkennen. Das Bild stockte unentwegt, aber seine Stimme war klar.

»Ich weiß auch nicht ...«, hob er zu einer Erklärung an, doch Angia schnitt ihm das Wort ab.

»Was soll das bedeuten: Du weißt auch nicht?!«, fauchte die Arberianerin. Auf einem anderen Monitor hatte sie die Kopfgeldausschreibungen geöffnet. Dort gab es eine, die den Tod von Osetta der Ersten von Karwani verlangte und dafür drei Millionen Credits in Aussicht stellte. Entsetzt sah Mitch, dass auch dieser Auftrag die Koordinaten von Osettas Aufenthaltsort enthielt. Offen ausgeschrieben musste jeder verdammte Kopfgeldjäger sofort darauf anspringen. Hank war vermutlich nur der Erste gewesen, der diesen Auftrag gesehen hatte. Zu ihrem Glück waren nicht noch weitere Kopfgeldjäger erschienen. Mitch schauderte beim Gedanken daran, mit ihrer schwach bewaffneten Kiste von allen Seiten unter Beschuss genommen zu werden.

»Du Wichser hast uns Hank hinterhergehetzt!«, fauchte Angia. »Damit du deine Scheißprovision versechsfachst!«

»Alsssso ...«, setzte Patt an, sich zu rechtfertigen.

»Nichts ›alsssso‹, wenn wir uns wiedersehen, reiße ich dir die Kehle raus, trinke dein Blut und du kannst mir dabei zusehen!«

Patt schien fassungslos.

»Das wagssst du nicht. Ich bin immer noch der Leiter desss Kopfgeldjägerbürosss, wenn du ...«

»Du wirst keine Zeit haben, um ... Was soll das!«, fauchte Angia Mitch an, der genug gehört hatte und die Verbindung unterbrach.

»Angia, denk doch mal nach. Wenn du ihm Gewalt androhst, sind auf einmal hunderte Kopfgeldjäger hinter uns her. Und Hank ist vermutlich noch einer der harmlosesten.«

Angia sah Mitch einfach nur an. Mit ihren bionischen Augen blieb ihre Miene auch für ihn uneindeutig, obwohl er sie so lange kannte, wie er zurückdenken konnte.

»Dieser erbärmliche, geldgierige Haufen Weltraumschrott«, fluchte Angia, sprang auf und rauschte in den hinteren Bereich des Schiffes.

»Glotz nicht so!«, fauchte sie die Prinzessin an.

Einen Moment fürchtete Mitch, sie würde Osetta Gewalt antun. Auf dem Monitor der Schiffsüberwachung sah er Angia jedoch in ihrem eigenen Quartier verschwinden.

Ihren Zorn konnte er gut verstehen. Mitchs Verwirrung über all die Ungereimtheiten betäubten jedoch seine Wut. Seit er Kopfgeldjäger war, hatte das Büro noch nie widersprüchliche Aufträge herausgegeben. Es kam vor, dass zwei Kopfgeldjäger dasselbe Ziel verfolgten und ihre Konkurrenz dabei in Mord gipfelte. Aber einen Schutzauftrag rauszugeben und nur wenige Augenblicke später einen Tötungsauftrag auszuschreiben, sah Patt nicht ähnlich.

Als Büroleiter war Vertrauen in seine Arbeit überlebenswichtig. Er konnte es sich nicht erlauben, Kopfgeldjäger gegen sich aufzubringen. Dieser Auftrag musste von höherer Stelle gekommen sein. Seit seiner Zeit in den Minen war Mitch eines klar: Bei allem, was sie taten, waren sie nur die Spielbälle der Mächtigen. Für Patt galt das genauso wie für Mitch und Angia. Als Kopfgeldjäger gewann man wenigstens etwas Macht zurück, man konnte einem armen Tropf, der noch weniger Glück hatte, die Plasmapistole an die Stirn setzen. Ein kurzer Moment der Macht. Doch seine Fesseln wurde man dabei nicht los, selbst wenn man sie in diesen Augenblicken weniger spürte.

Mitch seufzte schwer und öffnete erneut den Kanal ins Kopfgeldjägerbüro. Es dauerte einen Moment, doch dann meldete sich Patt.

»Wasss willssst du mir denn jetzt ... Oh, du bissstsss.«

»Ich wollte mich nur ... entschuldigen«, presste Mitch heraus. »Angia ist nur sauer, weil wir beinahe draufgegangen wären. Zweimal«, die Bitterkeit in seiner Stimme konnte er nicht verbergen.

»Verssständlich«, zischte Patt versöhnlich.

»Dennoch würde es mich interessieren, wie zwei sich überschneidende Aufträge in die Datenbank kommen«, erkundigte sich Mitch. Er hoffte immer noch, dass es dafür einen plausiblen Grund gab.

»Musss ein Sssystemfehler sssein, ich werde mal mit dem Adminissstrator sprechen.«

Mitch wusste zwar nicht, woran er es erkannte, aber ihm war sofort klar, dass Patt ihn anlog. Leider hatte er keine Ahnung, wie die Datenbank des Kopfgeldjägerbüros funktionierte, aber Patt besaß definitiv die Kontrolle darüber. Einmal hatte er sich sogar damit gebrüstet, dass kein Auftrag in die Datenbank kam, den er nicht abgesegnet hatte. Ein derartiger Fehler wäre Patt nicht unterlaufen. Nicht so kurz, nachdem er ihnen den Auftrag zu Osettas Rettung gegeben hatte.

»Okay, danke«, entgegnete Mitch und brach die Verbindung ab, bevor Patt ihm noch eine weitere Lüge auftischen konnte.

Seufzend ließ sich Mitch zurück in den Copilotensitz sinken.

»Ist das 'ne Scheiße.«

Für einen Moment beobachtete Mitch die vorbeizischenden Sterne. Sie verschmolzen im Hyperraum zu schillernden Mustern. Das Licht brach sich in den unterschiedlichsten Farben.

Dann fiel ihm wieder ein, dass die Prinzessin nicht auf seine Frage geantwortet hatte, was sie mit ihrem Funkspruch hatte erreichen wollen. Auskunft konnte ihm darüber aber auch das Logbuch geben. Osetta würde ihm die Antwort ohnehin schuldig bleiben. Er rief das Logbuch auf und durchsuchte die Funksprüche. Nachdem er die letzten zwei Stunden geprüft hatte, ging er sie erneut durch. Doch es gab nur die Kontakte zum Kopfgeldjägerbüro und jene von Angia, als sie mit Mitch bei Osettas Rettung Kontakt gehalten hatte.

Hatte die Prinzessin den Funkspruch gelöscht?

»Erstaunlich. Aber sie hat ja gesagt, dass sie sich mit der Kiste auskennt.«

»Wer?«

Mitch zuckte heftig zusammen. »Angia, verdammt, warum schleichst du dich so an?«

»Ich dachte, ich verhalte mich ruhig, während du Patt in den Arsch kriechst.«

»Ich musste das tun und das weißt du auch.«

Angia ließ sich energisch auf ihren Sitz fallen. »Ja ... es ist wohl mit mir durchgegangen, aber ...«

»Schon klar.« Mitch schenkte ihr ein aufbauendes

Lächeln. Seit ihrer Zeit in den Minen hatte Angia auf ihn aufgepasst. Warum sie sich bis heute für ihn verantwortlich fühlte, verstand er nicht. Zwar hatte er sie letzten Endes aus den Minen befreit, aber das lag über ein Jahrzehnt zurück. Mittlerweile hatten sie sich derart oft gegenseitig aus lebensbedrohlichen Situationen gerettet, dass Mitch schon nicht mehr mitzählte. Doch jedes Mal, wenn Mitch in Gefahr geriet, kehrte Angia die übelsten Facetten ihrer Spezies heraus. Vielleicht hatte sie mütterliche Gefühle für ihn. Für Angia musste es schlimm gewesen sein, ihm auf der Planetenoberfläche nicht helfen zu können.

»An wen ging ihr Funkspruch?«, fragte Angia, als sie bemerkte, dass er die Kommunikationslogbücher geöffnet hatte.

»Keine Ahnung. Sie hat den Eintrag unwiederbringbar gelöscht.«

»Ich sollte sie packen und schütteln, bis sie ...«

»Ein Fleischsack voller gebrochener Knochen ist«, seufzte Mitch. »So weit waren wir schon.«

»Beneri sind so erbärmlich«, knurrte Angia. »Ich bin jedenfalls froh, wenn wir sie los sind.«

»Wohin hast du eigentlich unseren Kurs gesetzt?«, fragte Mitch, als er sich erinnerte, dass ihnen kaum noch Energie geblieben war.

»Na, wohin wohl? Zu ihrer Heimatstation, ich will mir nicht noch eine tote Beneri auflasten. Lebend sind die schon lästig genug.«

9

Seit ihrer Auseinandersetzung schwieg die Prinzessin. Sie sagte nichts, als Mitch mit dem Tower der Karwanistation, dem Hauptwohnsitz des Benerimonarchen, verhandelte und sich bis zu einem Gardekommandanten durchfragte. Sie erhielten Landeerlaubnis auf einem der Militärlandeplätze, noch bevor sie aus dem Hyperraum kamen.

Mit einem unheilvollen Summen trat ihre Kiste durch das Schild der Raumstation ein. Dazu mussten die Schilde ihres Raumschiffs und der Station auf dieselbe Frequenz eingestellt sein. Aus Sicherheitsgründen wurde diese täglich, manchmal auch stündlich, geändert.

Angia fand schnell die Landeplattform und lenkte das Schiff dorthin. Mitch meinte in diesem Moment, ein Raumschiff am Rande des Radars aufblitzen zu sehen. Das musste jedoch nichts bedeuten, schließlich lag die Karwanistation in einem Knotenpunkt von etlichen Handelsrouten. Es landeten ständig Schiffe, schlugen Waren um und setzten ihre Reise fort.

Mitch schluckte, als er die Beneri sah, die am Rande der Landeplattform standen. Mindestens fünfzig und alle trugen silberne, in der Sonne blitzende Kampfrüstungen, bewaffnet mit Plasmagewehren. Ihre Helme waren geschlossen. Wenn sie einschüchternd wirken wollten, hatten sie ihr Ziel erreicht. Inmitten der Garde stand ein Beneri in schwarzem Kampfpanzer. Er schien unbewaffnet. Allerdings war sein Panzeranzug um einiges voluminöser. Mit Sicherheit besaß er integrierte Waffen.

»Nett«, kommentierte Angia den Anblick. »Wenn ich´s nicht besser wüsste, würde ich sagen, sie wollen uns verhaften.«

»Sie sind nur wegen Prinzessin Osetta hier«, sprach sich Mitch selbst Zuversicht zu. »Fünfzig Gardisten sind ja fast etwas wenig, wenn man bedenkt, dass sie Osetta über die Raumstation eskortieren müssen.«

»Klar.« Angia ließ ihren Kopf kreisen. Ihr Äquivalent zu rollenden Augen. »Zehn von denen würden reichen.«

Die Kiste hatte noch nicht ganz aufgesetzt, als man sie bereits umstellte.

»Meinst du, dieses Hackingtool funktioniert auch bei diesen Kampfrüstungen?«, flüsterte Mitch.

»Wenn du sie dazu bringst, einen Funkspruch von dir anzunehmen, vielleicht.«

»Sie sind umstellt, halten sie die Waffensysteme deaktiviert und kommen Sie raus«, verlangte der Hauptmann. Seine Stimme wurde von dem Kampfanzug verstärkt.

Mitch und Angia sahen sich an.

»Am Funk haben sie freundlicher geklungen«, scherzte Mitch schwach.

Angia und Mitch erhoben sich und gingen zur Luke, dort stand die Prinzessin schon bereit und würdigte die beiden keines Blickes. Sie hielt ihren Rücken gerade und das Kinn leicht vorgestreckt.

Zischend öffnete sich die Kiste zur Raumstation. Zu dritt traten sie hinaus. Angesichts der Übermacht musste Mitch den Impuls unterdrücken, seine Hände zu heben.

Selbst als sie dem Hauptmann gegenübertraten, sprach die Prinzessin kein Wort. Wenn Mitch Osetta richtig einschätzte, würde es ihr die Etikette gebieten, sich für ihre Rettung zu bedanken. Doch das tat sie nicht. Vielleicht hatte Angia sie zu sehr eingeschüchtert.

Der Hauptmann trat, flankiert von vier Soldaten, auf sie zu und besaß nicht einmal die Höflichkeit, sein schwarzes Visier zu lüften oder zumindest auf »durchsichtig« zu schalten.

»Prinzessin Osetta, es ist eine Freude, Euch unversehrt wiederzusehen. Euer Vater erwartet Euch bereits.«

Wortlos trat die Prinzessin zwischen die Männer. Zusammen mit seinen Gardisten wandte sich der Hauptmann ab.

»He«, beschwerte sich Angia. »Was ist mit den Credits?«

Der Hauptmann fuhr herum. Für einen Moment stand er still und Mitch fürchtete, sein Kampfpanzer würde die Waffensysteme hochfahren, als der Hauptmann ohne hörbare Gefühlsregung sagte: »Sind überwiesen.« Daraufhin wandte er sich ab. Dennoch waren für Mitchs Empfinden zu viele Plasmagewehre auf sie gerichtet, als dass er es sich erlauben konnte, seinen Arm zu heben und im Display den Kontostand abzurufen. Aber es war auch gar nicht nötig, Angia nickte ihm bestätigend zu. Ihre Mundwinkel zuckten, als müsste sie sich ein Grinsen verkneifen.

Die beiden Kopfgeldjäger warteten ungeduldig darauf, dass die Prinzessin und die Gardisten die Landeplattform verlassen hatten. Gerade sahen sie die Soldaten zwischen den Gebäuden des Raumhafens verschwinden, als Osetta ihnen einen Blick zuwarf. Mitch überkam plötzlich das Gefühl, einen Fehler gemacht zu haben. Aber was hätten sie sonst tun sollen? Sie hatten einen Auftrag angenommen und den hatten sie erfüllt, mehr konnte man nicht von ihnen erwarten.

»Komm jetzt.« Angia stand bereits bei der Luke ihres Schiffs und winkte ihn zu sich hinüber. Ohne auf ihn zu warten, betrat sie die Kiste.

Ein letztes Mal drehte sich Mitch zur Prinzessin um, doch sie war bereits zwischen den Gebäuden verschwunden. Mit dem Gefühl, als habe er einen Asteroiden verschluckt, schleppte sich Mitch in die Kiste und schloss die Luke hinter sich. Drinnen wartete Angia und sah ihn für einen Moment an, dann brach sie in schallendes Gelächter aus. Sämtliche Anspannung schien von ihr abzufallen.

»Mitch! Wir sind verdammt nochmal reich! So richtig reich! Schau dir unser Konto an!« Sie umarmte ihn ausgelassen, wobei sie ihre körperliche Kraft weit unterschätzte. Für Mitch fühlte es sich so an, als wäre er in eine Müllpresse geraten. Dann löste sie sich von ihm. Ihre Freude erstarb, als sie ihn ansah. »Verdammt, was hast du? Nein, nicht dieser Blick«, seufzte sie. »Was ist denn jetzt wieder?«

»Ach nichts«, wiegelte Mitch ab. »Wir sollten zusehen, dass wir unser Schiff repariert bekommen. Und aufladen sollten wir es auch.«

»Ich hab schon eine Anfrage zu den Wartungsplattformen geschickt. Sie werden uns gleich einen Landeplatz zuweisen. Aber vorher sagst du mir, was du hast!«

»Ich hab das Gefühl, einen Fehler gemacht zu haben.«

»Mal davon abgesehen, dass wir einer Beneri das Leben gerettet haben, welchen Fehler meinst du?«, fragte Angia gereizt.

»Ich bin nicht sicher. Sie hat doch gesagt, dass sie bei den Gonariern Asyl gesucht hat. Was, wenn wir sie gerade ins Fadenkreuz ihres Feindes gestoßen haben?«

»Ich verstehe immer noch nicht, wo dein Problem ist? Ohne uns wäre sie ohnehin tot, hast du Hank vergessen? Außerdem wurden wir bezahlt, also was kümmert´s uns? Als Kopfgeldjäger können wir uns kein Gewissen leisten. Nicht mal mit einer halben Million Credits.«

»Ich ...«

»Mitch verdammt, sie ist eine Beneri! Zusammen mit den Auglaras haben sie mein Volk vernichtet und uns in die Sklaverei gezwungen! Also sei mir nicht böse, wenn ich kein Mitgefühl für sie übrig habe. Und du wärst ohne sie auch nicht in den Minen gelandet, also ... Oh gut, das Reparaturdock ist bereit.« Beschwingt rauschte Angia ins Cockpit.

Schon erhob sich die Kiste, nur um bald darauf wieder zur Landung anzusetzen.

Vielleicht hatte Angia recht, es war nicht ihr Problem. Sie waren mit dem Leben und massenweise Credits davongekommen. Für Kopfgeldjäger zählte nur das.

10

Nachdem Angia und Mitch am Wartungsdock genaue Anweisungen gegeben hatten und die Kiste mit der Ladestation verbunden war, trennten sich ihre Wege. Angia blieb wie immer bei der Kiste. Mitch vermutete, die Gesellschaft anderer Spezies erinnerte Angia schmerzlich daran, dass sie die Letzte ihrer Art war. Wobei das nicht genau feststand, das Universum war unvorstellbar groß. Selbst Menschen traf man gelegentlich, und das, obwohl diese Spezies wirklich alles unternommen hatte, sich so gründlich wie möglich selbst auszulöschen. So hieß es zumindest. Mitch wusste nicht, wo er herkam. Er war in Gefangenschaft aufgewachsen. Von einem Leben davor waren ihm nur Erinnerungsfetzen geblieben, aus denen er nicht schlau wurde. Allerdings interessierte ihn die Menschheit auch nicht zu sehr. Die wenigen Überlebenden seiner Art, die er getroffen hatte, waren keine angenehmen Gesellen. Für Angia hingegen wünschte er sich, sie würde wieder so etwas wie eine Familie finden. Arberianer, mit denen sie die Ewigkeit teilen konnte. Deshalb erkundigte er sich in den Bars, durch die er nach einem abgeschlossenen Auftrag zog, bei allen Fernfahrern danach, ob sie denn jemals einem Arberianer begegnet waren. Tatsächlich hatte er schon den ein oder anderen Reisenden gefunden, der schwor, einen Arberianer getroffen zu haben. Aber nachdem Mitch ihnen etwas gelauscht hatte, wurde ihm immer klar, dass sie zu ihrem Unglück an Angia geraten waren.

Gedankenverloren schlenderte Mitch in die nächste

Raumfahrerbar. Dort fand er neben einem gewaltigen Fellungetüm noch einen Platz an der Theke.

Aus reiner Gewohnheit bestellte er sich einen Ciawatt, einen würzigen Cocktail, der abwechselnd grün und blau leuchtete. Die Farben verschlangen sich dabei ineinander, manchmal siegte die eine, nur um scheinbar aus dem nichts von der anderen Farbe überwältigt zu werden. Mitch schmeckte dieses Gesöff zwar nicht besonders, aber er genoss das Farbenspiel. Es besaß etwas Hypnotisches und unerklärlich Beruhigendes. Dabei konnte er sich entspannen. Selbst wenn es um ihn herum fast schon zu laut war, um seine eigenen Gedanken zu verstehen.

Mitch lauschte der Musik, irgendein Tamriastück. Von Musik verstand er nicht viel, doch den Tamria war es wohl besonders wichtig, dass bei ihren Musikstücken die hohen Töne wie eine Plasmaklinge ins Ohr stachen. Von der Musik übertönt, verschmolzen die Gespräche zu einem leisen Summen. Auf diese Weise war man im Grunde ungestört, obwohl sich neben Mitch noch mindestens hundert Leute in der Bar aufhielten.

Auf der Tanzfläche bewegten sich zwei Tamria hypnotisch zu den Melodien ihrer Spezies. Sie wussten ausgezeichnet mit ihren vier Armen umzugehen. Ihr drittes Auge auf der Stirn empfand Mitch jedoch als verstörend. Die anderen beiden hielten sie immer geschlossen. Es hieß, sie öffneten deren Lider nur, wenn sie sich ... näherkamen. Also eine sehr intime Geste.

Mitch nippte an seinem Glas und verzog das Gesicht, als ihm der Alkohol die Kehle herunterbrannte. Der Barkeeper sah zufällig in seine Richtung und legte seine lange Stirn in Falten. Mitch starrte zurück. Unangenehm berührt wandte sich der Barmann einem anderen Gast zu.

»Ich glaub, ich hab auf euch geschossen, oder?«,

fragte eine Stimme hinter Mitch. Ihm gefror das Blut in den Adern. Gerade hatte er noch daran gedacht, Menschen nicht besonders zu mögen, nur um gleich darauf an einen mit dem übelsten Ruf zu geraten.

»Hank«, stöhnte Mitch. Er wollte gelangweilt, vielleicht auch genervt klingen, gleichzeitig dachte er an die aufgeladenen Plasmageschütze in seinen Armprothesen. Damit konnte er zwar jeweils nur einen Schuss abgeben, aber wenn er Hank überraschte, dann …

»Ich hab vorher auf euch geschossen, stimmt´s?«, wiederholte der menschliche Kopfgeldjäger seine Frage und trat neben Mitch an den Tresen. Sein komplett haarloser Kopf war so weiß wie seine Zähne, die er nun zu einem peinlich verlegenen Grinsen bleckte. Seinen Körper schützte er mit einem Kampfanzug, dessen Panzerplatten erstaunlich dünn waren. Entweder bestanden sie aus Zoletanium oder es sollte zumindest den Anschein vermitteln. Mit solch einem Panzer war er fast unverwundbar. In seiner Pilotenjacke kam sich Mitch dagegen nackt vor. Über dem Panzer trug Hank einen Waffengurt mit einem Plasmagewehr griffbereit auf dem Rücken. In seinem Gürtel steckte eine Plasmapistole. Die Selbstsicherheit, mit der Hank auftrat, wunderte Mitch kein Stück. Was er sich allerdings fragte, war, wie Hank am Türsteher vorbeigekommen war. Hatten doch Mitchs Prothesen schon zu einer Diskussion geführt. Vermutlich überlegte es sich der Türsteher sehr genau, mit wem er sich anlegte und mit wem nicht.

»Ja«, brummte Mitch. »Das waren wir.« Dabei versuchte er möglichst gleichgültig zu klingen.

»War jedenfalls nichts Persönliches. Der Job. Du verstehst«, wies Hank jegliche Böswilligkeit von sich. »Barkeeper, das gleiche für mich.« Der Kopfgeldjäger zeige mit seiner behandschuhten Hand auf Mitchs Getränk.

Hank strahlte eine aggressive Ruhe aus, in deren Nähe man sich sofort unbehaglich fühlte. Mitch kämpfte den Impuls nieder, die Bar auf der Stelle zu verlassen. Diese Genugtuung wollte er seinem Kontrahenten nicht gönnen.

»Was mir nicht in den Kopf will«, sagte Hank, als er seinen Drink erhielt und bezahlte, indem er sein Handgelenkimplantat über einen Scanner zog, »ihr habt doch das neue Angebot gesehen. Wieso habt ihr die Prinzessin nicht einfach umgelegt? Tot war sie doch viel mehr wert. Wieso sein Leben für fünfhunderttausend Credits riskieren, wenn man drei Millionen haben kann?« Er nippte an dem Drink. »Bäh! Scheußlich.«

»Weil man das einfach nicht macht«, entgegnete Mitch. Daran hatten er und Angia nicht einmal gedacht. Im Nachhinein schien es wirklich wie eine Dummheit, die Prinzessin nicht getötet zu haben. In ihrem Raumschiff wäre Osetta ein leichtes Ziel gewesen.

»Oh, der Codex«, seufzte Hank.

»Jep. Der Codex«, nahm Mitch die angebotene Ausrede an. »Wie viele Kerle hast du schon umgebracht, die dir vor ihrem Tod das Doppelte ihres Kopfgelds angeboten haben oder meinetwegen das Sechsfache?«

»Kann´s nicht zählen«, brummte Hank. »Aber der Codex.«

»Jep, der Codex.« Mitch nahm einem Schluck und verzog die Miene. Dabei wechselte sein Drink von Giftgrün auf Dunkelblau.

»Scheiß Codex«, brummte Hank.

»Na ja, ohne ihn könnte sich wohl keiner mehr auf uns Kopfgeldjäger verlassen. Stell dir vor, wir haben einen Beschützerauftrag und man bietet uns noch mehr Credits, wenn wir die Zielperson ausschalten.«

»Also in so einer Welt will ich nicht leben.« Hank grinste und nahm noch einen Schluck. »Bah ... wirklich, warum trinkst du so ein Zeug?«

»Wo wir gerade beim Codex sind«, fiel es Mitch ein. »Der besagt doch auch, dass man keinen Auftrag annimmt, wenn schon andere Kopfjäger auf denselben angesetzt sind.«

»Nee ... na ja ... bei Eskortmissionen vielleicht«, räumte er abwesend ein. Sein Blick wurde von einer leicht bekleideten Quami in Beschlag genommen und er verlor den Faden.

»Du wusstest also, dass du auf uns schießt?«

»Mein Bordcomputer hat eure Antriebssignatur erkannt«, erklärte Hank und drehte sich wieder Mitch zu. »Aber während ich die Basis zerschossen hab, wusste ich nicht, dass ihr da unten seid. Wenn ich das gewusst hätte, hätte ich abgebrochen. Schau nicht so! Wirklich! Echt! Ich schwöre es bei der Einäscherung meiner Mutter.«

Mitch glaubte ihm kein Wort, bemühte sich aber um einen nichtssagenden Gesichtsausdruck. Er wollte keinen Streit anfangen und Hank musste nichts von seinem Misstrauen erfahren.

»Außerdem, woher sollte ich von dem Auftrag wissen, diese Beneri zu schützen? Ich hab die drei Millionen gesehen und bin los. Drei Millionen Credits für eine tote Beneri, da fragste nicht und schlägst auch nicht lange in der Datenbank nach, sondern ballerst drauf los. Ich mein, Beneri sterben doch schon, wenn man sie nur schief anschaut. Wie ich das sehe, hätte man mir den Auftrag gar nicht geben dürfen. Patt sagt doch immer, er wüsste über alle Aufträge Bescheid. Mich auf ´ne Beneri anzusetzen, während ihr die schützen sollt, ist niederträchtig.«

Mitch nickte ehrlich zustimmend. Selbst wenn er

nicht mehr wusste, was er noch glauben sollte. Hank hatte zwar recht, aber was er und Patt unter der Hand ausgemacht hatten, stand in einer ganz anderen Datenbank. Mitch musste sich wohl damit abfinden, niemals herauszufinden, wie es wirklich gelaufen war.

»Und ich hab sofort aufgehört, auf euch zu schießen, als ich bemerkt hab, wer ihr seid.«

Daran glaubte Mitch nicht. Nicht wenn drei Millionen Credits auf dem Spiel standen. »Aber jetzt treffen wir uns hier. Also falls dass nicht der dümmste Zufall im ganzen Universum ist, dann bist du uns gefolgt.« Für Hank gab es keinen anderen Grund, genau auf dieser Raumstation zu sein. Wenn er nur sein Raumschiff laden wollte, gäbe es allein in diesem Sektor über dreihundert andere Gelegenheiten.

»Möglich.« Hank grinste verschlagen.

»Also, warum?«

»Na ja, ich wollte sehen, was ihr mit der Beneri macht. Hab mir gedacht, wenn wir sie zur Sonne schicken, ist vielleicht auch was für mich drin. Schließlich sind wir Freunde.«

Etwas an der Geschichte passte nicht zusammen. Irgendwie musste es ihm gelungen sein, ihrem Schiff einen Peilsender zu verpassen. Denn sonst wäre es ihm unmöglich gewesen, ihre Richtung durch den Hyperraum zu bestimmen und ihnen zu folgen. Schließlich hätten sie die Prinzessin auch in den neutralen Sektor zum Kopfgeldjägerbüro bringen können. Dort wurden die meisten Aufträge abgewickelt.

»Wir haben sie sicher nach Hause gebracht«, hielt sich Mitch kurz.

»Hab´s schon gehört. So ein Unglück.«

»Ja, tut mir leid«, erwiderte Mitch tonlos.

»Mir auch. Mein Auftrag wird jetzt nur schwieriger. In einen Beneripalast einzudringen, ist gar nicht so leicht.«

Mitch verschluckte sich an seinem Getränk. »Du willst …«, hustete er. »Du willst sie noch immer töten?«

»Was denkst du denn? Drei Millionen sind scheißviel. Also?«

»Also was?«

»Mann Mitch! Manchmal glaub ich, du bist nicht der hellste Stern im Universum. Ich will fragen, ob du dich mir anschließen willst. Angia kann natürlich auch mitmachen. Wir teilen halbe-halbe.«

»Dann wohl eher durch drei«, verfiel Mitch wie automatisch ins Verhandeln.

»Ach komm schon! Ihr beide habt doch schon die Credits vom ersten Auftrag, da …«

»Außerdem bin ich nicht so verrückt, in einen Beneripalast einzudringen.«

»Die Ausrüstung hab ich«, hielt Hank dagegen.

»Darum geht es nicht, ich bin nur nicht lebensmüde. Weißt du eigentlich, was du da vorschlägst?«

»Ich hab nicht gesagt, dass es nicht riskant ist, aber …« Er sah Mitch eindringlich an. »Drei Millionen! Dafür würde ich meine Mutter verkaufen.«

»Ich dachte, die ist tot?«

»Was es mir noch leichter macht, sie zu verkaufen.«

Ihm dämmerte langsam, wozu Hank sie brauchte: als Kanonenfutter.

Mitch schwieg eine Weile. Er würde eher in ein schwarzes Loch fliegen, als ihm zu helfen. Aber vielleicht sollte er die Gelegenheit nutzen. Wenn man einen Auftrag annahm, dann bekam man noch mehr Details zu sehen. Unter anderem den Namen des Auftraggebers. Wer auch immer hinter dem Auftrag steckte, war im offenen Log des Kopfgeldjägerbüros nicht verzeichnet. Dieser Name interessierte Mitch dann doch, schließlich hatte diese Person Patt derart beeinflusst, dass er ihnen Hank hinterhergeschickt hatte.

»Kann ich den Auftrag mal sehen?«, fragte Mitch und versuchte, so beiläufig wie möglich zu klingen.

Hank hielt ihm seinen Kommunikator entgegen. Mitch las ihn mit seiner rechten Prothese ein und öffnete den Auftrag auf seinem Holodisplay. Aus Hanks Winkel konnte es nicht eingesehen werden. Mitch scrollte den Auftrag hinunter bis zum Namen des Auftraggebers. *Kar-Rekur-Ka,* las er leise. Ein rekurianischer Name. Natürlich, wer außer den Feinden der Beneri würde für den Tod einer Beneriprinzessin bezahlen? Dieser Auftrag enthielt ebenfalls die Koordinaten zu Osettas Geheimversteck.

»Woher wussten die eigentlich, wo die Beneri zu finden war?«, fragte Mitch.

»Sein Glück soll man nicht infrage stellen«, erwiderte Hank unbekümmert. »Also? Bist du dabei?«

»Ich muss erst mit Angia sprechen«, log Mitch. Zwar würde er ihr davon berichten, aber sicher würden sie nicht an Hanks Seite in den Beneripalast schleichen, nur damit ihnen dieser zu einer passenden Gelegenheit ins Knie schießen und sie zurücklassen konnte.

11

Mitch fand Angia in der Kiste, sie saß im Cockpit, hatte sich zurückgelehnt und ein ausdrucksloses Gesicht. Sie recherchierte wohl etwas mit ihren Augenimplantaten. Weil sie mit dem Bordcomputer verbunden waren, hatte sie damit Zugriff auf eine enorme Datenbank.

Sofort berichtete Mitch von seinem Aufeinandertreffen mit Hank. Dabei warf Angia ein, dass sie tatsächlich einen Peilsender gefunden hatte. Diesen hatte Hank wohl auf sie geschossen, als ihre Heckschilde ausgefallen waren.

»Soll er sich mal alleine umbringen, der Blutsack«, erwiderte sie, als er von Hanks Angebot erzählte. Damit war für Mitch die Sache jedenfalls erledigt.

»Was schaust du eigentlich nach?«, fragte Mitch und rief den Bordcomputer auf. Die Reparaturen waren abgeschlossen.

»Module«, antwortete Angia.

»Ah.« Wegen der Module waren sie bei diesem Raumschiff geblieben. Die Kastenform erlaubte es, unterschiedlichste Module anzuklicken. So konnten sie sich kostengünstig mehr Wohnfläche zulegen oder ihren Antrieb verbessern und bessere Waffensysteme einbauen, ohne dabei auf ein anderes Schiff umsteigen zu müssen oder einen gewaltigen Umbau zu bezahlen. Zellen für Gefangene wären ebenfalls hilfreich.

»Auf dieser Station können wir unseren Energiespeicher und die Schilde erweitern.«

»Nützlich«, stimmte Mitch zu. »Kosten?«

»Alles in allem hunderttausend.«

Mitch seufzte. Fünfhunderttausend Credits klang erst einmal viel, aber wenn man sich damit bessere Ausrüstung kaufen wollte, war es überraschend wenig. Und um sich zur Ruhe zu setzen, waren fünfhunderttausend lange nicht genug.

»Das sollten wir machen«, stimmte Mitch zu.

»Ich lass es anbringen.«

»Aber wir sollten auch unsere Feuerkraft verstärken. Im Moment könnten wir sie schon allein dadurch verdoppeln, wenn ich mich im Raumanzug mit Plasmagewehr auf die Außenhülle stelle.«

Angia grinste, wurde dann aber schlagartig ernst. »Für Erweiterungen unserer Waffensysteme brauchen wir aber eine Genehmigung des Kopfgeldjägerbüros.«

Mitch seufzte. Handfeuerwaffen zu bekommen war ziemlich leicht. Der Schwarzmarkt dafür florierte überall. Wer sein Schiff aber mit Feuerkraft ausstatten wollte, brauchte eine offizielle Erlaubnis einer Behörde. Trug ein Schiff ungenehmigte Waffen, fiel das sofort auf, sobald man auf einer x-beliebigen Station um Landeerlaubnis bat. Dazu brauchte es nur einen Scan des Schiffes und einen Abgleich mit der Zulassungsdatenbank. Glücklicherweise konnte das Kopfgeldjägerbüro eine Genehmigung ausstellen. Es befand sich auf einer Station im neutralen Sektor und gehörte keiner der drei Fraktionen an, die sich in diesem Teil des Universums trafen. Vermutlich war der neutrale Sektor nur deshalb nicht von einer der drei Fraktionen in Besitz genommen worden, weil sie untereinander Handel trieben. Wie es hieß, war für gewisse Geschäfte neutraler Raum unerlässlich. Was auch immer das bedeuten sollte. Mitch ahnte, dass es bei diesen Geschäften oft nicht mit rechten Dingen zu ging, denn im neutralen Sektor wurden alle Rechtsfragen etwas lockerer gehandhabt.

»Ich muss sowieso mit Patt sprechen«, sagte Angia unheilvoll.

Mitch fürchtete sich davor, was wohl geschah, wenn die beiden aufeinandertrafen. Er stellte sich schon einmal darauf ein, eingreifen zu müssen.

12

Die Erweiterungen für die Kiste wurden im Reparaturdock automatisch angebracht. Man musste nur deren Funktionstüchtigkeit überprüfen. Diese Aufgabe fiel Angia zu, während Mitch sich etwas Schlaf gönnte. Gleich als Mitch aufwachte, traten sie ihre Reise in die neutrale Zone an. Nachdem sie die Frequenz für den Schild abgefragt und um Starterlaubnis gebeten hatten, hoben sie ab, in die unendliche Weite des Universums. Es versprach, eine ruhige Fahrt zu werden und Mitch begann, in seiner Datenbank zu stöbern. Vielleicht fand er eine spannende Geschichte, mit der er sich die Zeit vertreiben konnte. Angia hatte ihm früher, als sie noch in Gefangenschaft gelebt hatten, immer die Legenden ihres Volkes erzählt. Meistens ging es um Helden, die ganz alleine komplette Spezies unterworfen oder an guten Tagen sogar vernichtet hatten. Vereinzelt gab es aber auch Helden, die sich für andere einsetzten und den Schwächsten ihres Volkes beistanden. Zumindest so lange, bis die Schwachen die Starken geworden waren. Wie es schien, war die gesamte Geschichte der Arberianer ein Geflecht aus Lügen, Intrigen und anderen Machtkämpfen. Seit dieser Zeit interessierte sich Mitch für diese Art von Geschichten. Interessanterweise gab es derlei Legenden in jeder Spezies. Teilweise erzählten sie sogar von denselben Konflikten, die er noch aus Angias Erzählungen kannte. Gerade dann waren die Geschichten derart widersprüchlich, dass sie unmöglich alle wahr sein konnten.

Mitch zuckte heftig zusammen, als der Alarm losging.

»Verdammt!«, fluchte er. »Was ...«

Doch er sah es bereits auf dem Schirm. Ein rekurianisches Kampfschiff war vor ihnen aus dem Hyperraum aufgetaucht, direkt in ihrer berechneten Bahn.

»Verdammt, die wollen doch nicht die Basis angreifen?«, keuchte Mitch überrascht.

»Dort liegen fünf Benerikriegsschiffe. Das wäre Selbstmord. Aber was auch immer die von der Station wollen, gut, dass wir schon von da weg sind«, entgegnete Angia und legte einen neuen Kurs fest.

Das rekurianische Kriegsschiff wurde schnell größer.

»Angia, wieso bewegen wir uns immer noch auf das Schiff ...« Mitch brach ab. Eine Anzeige auf dem Display beantwortete seine Frage: Sie waren von einem Traktorstrahl erfasst worden und selbst ihr neuer Antrieb war zu schwach, um dem Stand zu halten, geschweige denn sich zu lösen.

»Und jetzt?«, fragte Mitch. Von allen Fragen, die ihm einschossen, war dies die dringlichste.

Angia schwieg sichtlich angestrengt.

Mitch verfolgte auf ihrem Radar, wie der Abstand zum Rekurianerschiff immer kleiner wurde.

Angia öffnete einem Kanal zum Tower der Raumstation und gab ihre Kennung durch.

»Sternenschiff 5-78C-RAG-12 was ist ihr Problem?«, meldete der Tower.

»Wir werden von Rekurianern angegriffen«, fauchte Angia. »Sie halten uns in einem Traktorstrahl.« Während sie sprach, lenkte sie alle Energie auf den Antrieb. Sie konnte sich zwar nicht befreien, aber das Unvermeidliche hinauszögern.

»Sternenschiff 5-78C-RAG-12 diese Handlung ist

autorisiert. Gegen Sie ist Anzeige erstattet worden und die Rekurianer haben die Erlaubnis, die Gefangennahme in unserem Sektor vorzunehmen. Einen guten Tag und viel Glück.« Mit diesen Worten kappte der Tower die Verbindung.

Für einen Moment herrschte zwischen Mitch und Angia fassungsloses Schweigen.

»Lebend bekommen die uns nicht!«, fauchte Angia. Entschlossen änderte sie den Kurs und zielte direkt auf die Brücke des Rekurianerschiffes. Doch bevor sie den Kurs bestätigen konnte, zog Mitch ihre Hände von der Konsole.

»Lass uns doch erst einmal fragen, was sie wollen und was man uns vorwirft.«

»Ist doch egal, sie werden uns sowieso foltern, bis wir alles gestehen. Egal ob wir es getan haben oder nicht.«

Siedendheiß fiel Mitch etwas ein. »Das Hackingtool«, erinnerte er sich.

»Das funktioniert niemals«, sah Angia schwarz. Dennoch sendete sie ein Rufsignal an die Rekurianer. Sie versuchte es wieder und wieder, selbst als sie bereits im Landungsdock des Raumschiffes aufsetzten. Ein endgültiges Rumpeln lief durch ihr Schiff.

Eine verstärkte Stimme drang durch die Außenhülle. Sie klang hart und abgehackt. Der Kommunikator an Mitchs Kragen brauchte einen Moment, um sich auf die fremde Sprache einzustellen. Dann verstand er deutlich.

»Ich sage es nicht noch einmal, kommt mit erhobenen Händen heraus!«

»Hast du noch einen Vorschlag?«, fragte Angia giftig.

Mitch schüttelte nur den Kopf.

»Wir werden Ihre Außenhülle durchbrechen und reinkommen. Widerstand ist zwecklos, unnötig und schmerzhaft!«

Damit beschrieb der Sprecher alle von Mitchs Befürchtungen. Durch die Cockpitscheibe sah er etliche Rekurianer in mechanischen Kampfrüstungen. Sie hatten die Kiste umstellt und schwere Plasmawaffen auf sie angelegt. Ihr Schiff besaß nicht genug Feuerkraft, um sie alle zu töten.

»Ich gehe auf keinen Fall wieder in ein Straflager«, grollte Angia und griff nach dem Plasmagewehr in der Halterung unter ihrem Sitz.

»Die Rekurianer haben keine Straflager«, beschwichtigte Mitch. »Sie machen in der Regel keine Gefangenen.«

»Letzte Warnung!«, tönte es von draußen.

»Lass uns hören, was sie wollen. Vielleicht ist es nur ein Missverständnis«, beschloss Mitch. Sein Herz schlug ihm bis zum Hals und doch begleitete ihn die mysteriöse Ruhe im Angesicht des Todes. Rekurianer bluffen nicht. Wenn sie damit drohten, ihr Schiff zu Klump zu schießen, würden sie es auch tun.

»Missverständnis?«, Angia sah ihn mit gefletschten Zähnen an. »Sie drohen damit, uns umzubringen!«

»Gehört bei Rekurianern zum guten Ton.« Mitch ergriff die Initiative. Mit einigen Tastendrücken übernahm er die Steuerkonsole und öffnete die Einstiegsluke.

»Also gut. Aber wenn sie uns umbringen, töte ich dich«, fauchte Angia.

Ihr Galgenhumor stimmte Mitch zuversichtlich. Sie ließ ihre Waffe sinken und ging langsam zum Ausgang. Die Rekurianer hatten ihre Signaturen bestimmt schon durch die Hülle erfasst. Es war deshalb ratsam, keine allzu hektischen Bewegungen zu machen, wenn man nicht durch die Raumschiffhülle erschossen werden wollte.

Gemeinsam traten sie zur Luke hinaus.

Als Mitch die vielen Plasmagewehre erblickte, wurden seine Gedanken still. Eine Art unbegreiflicher Frieden im Angesicht der Gefahr. Was jetzt geschah, lag nicht mehr in seinen Prothesen.

Vor ihnen standen etwa zwanzig Rekurianer. Alle in mechanischen Kampfanzügen. Einmal hatte Mitch selbst so eine Rüstung getragen. Damals hatte er als Lockvogel hergehalten, um einen Attentäter in den Reihen der Rekurianer zu finden. Eine Splittergruppe hatte es auf einen der niederen Tyrannen abgesehen. Diese Kampfpanzer waren so schwer, dass man sie nicht ohne Muskelkraftverstärker und Antigravitationsgenerator tragen konnte. Selbst ohne Schilde hielt so ein Anzug etlichen Plasmageschossen stand. Wie es zur Standardausrüstung gehörte, trugen die Rekurianer Helme mit verdunkelten Visieren. Nur einer zeigte sein Gesicht. Außerdem war seine Kampfrüstung weiß im Gegensatz zu den anderen, deren Rüstungen in einem hellen Gelbton gehalten waren. Der Rekurianer hatte, wie für seine Spezies üblich, scharfkantige Gesichtszüge. Sie wirkten, als hätte man sie aus Fels geschlagen. Die panzerartige Haut stammte von der enormen Schwerkraft ihrer Heimatwelt, so hieß es jedenfalls. Sein Hautton war silbern mit einem grünlichen Schimmer im rechten Licht. Auf der Stirn hatte er eine gezackte Narbe, die aussah, als rührte sie von einer Verletzung, die durch seinen halben Schädel reichte. Was durchaus sein konnte, denn Rekurianer hatten ihr Gehirn nicht im Kopf. Mit schwarzen Augen musterte sie der weiß gepanzerte Rekurianer.

»Ich bin General Da-Rekur-Tscha.« Nach seiner Vorstellung ließ er eine dramatische Pause, als erwarte er eine Reaktion auf seinen Namen.

»Was willst du?!«, fauchte Angia.

Mit dieser Erwiderung schien der General nicht gerechnet zu haben. Denn für einen Moment starrte er Angia einfach nur an. Selbst seine steinernen Gesichtszüge verloren kurz an Härte. Er schüttelte seinen Kopf.

»Ihr legt die Waffen ab!«, fand er in seine Form zurück.

»Wir haben keine Waffen dabei«, hielt Angia dagegen. »Wir sind ja nicht blöd.«

»Dieser da ist bewaffnet.« Er zeigte auf Mitch. »Er legt die Waffen ab!«

»Das sind meine Hände«, beschwerte sich Mitch, als er begriff, um was es ging.

»Du legst die Waffen ab!«, donnerte der General. Wie auf ein unsichtbares Kommando legten die Soldaten auf Mitch an.

»Alleine kann ich das nicht«, lenkte Mitch sofort ein.

»Die Arberianerin hilft dir!«, verlangte Da-Rekur-Tscha.

Knurrend wie ein Raubtier half Angia Mitch, die Prothesen zu lösen. Sie waren mit einem Gurt an seinem Körper befestigt. In den Metallröhren, in denen seine Stümpfe steckten, befanden sich Sensoren, die seine Muskelbewegungen und Nervenimpulse auf die Prothesen übertrugen. Ohne seine künstlichen Arme fühlte sich Mitch völlig entblößt, nackt und hilflos. Ihm wäre es leichter gefallen, ohne Hosen da zu stehen, als auf seine Arme zu verzichten.

»Die Arberianerin lässt die Waffen fallen!«, befahl der Rekurianer. Scheppernd fielen die Prothesen auf den Metallboden. Bei dem lauten Krachen bemerkte Mitch die niederdrückende Schwerkraft in diesem Schiff.

»Jetzt folgt ihr mir!«

Die Soldaten öffneten ein Spalier und ließen den General hindurch. Obwohl Mitch vom Fehlen seiner

Arme abgelenkt wurde, fiel ihm auf, wie schwer sich zwei Soldaten damit taten, in der Formation zu bleiben. So als wären sie darin nicht geübt. Seltsam. Waren die Rekurianer doch für ihren unerbittlichen Drill bekannt. Sicher wurde keiner von ihnen in den aktiven Soldatendienst versetzt, wenn er so einen einfachen Formationswechsel nicht beherrschte.

Angia und Mitch folgten dem General durch das Spalier. Hinter ihnen schloss sich die Formation. Die Schritte erklangen in einem dröhnenden Gleichschritt, unter den sich einzelne leichte Misstöne mischten. Mitch entschied sich, seine Verwunderung über die mangelhaft ausgebildeten Soldaten für sich zu behalten. Da-Rekur-Tscha darauf anzusprechen, würde ihre Situation nicht verbessern.

Die Gänge, durch die der General Angia und Mitch führte, waren karg und leer. Die Schleusen zu beiden Seiten waren geschossen. Wohl, damit Mitch und Angia nicht auf die Idee verfielen, ins Schiffsinnere zu flüchten.

Nur einer der Gänge stand noch offen, als sie daran vorbeiliefen. Mitch konnte nicht widerstehen und warf im Vorbeigehen einen Blick in den Raum dahinter. Er traute seinen Augen nicht. Die an den Wänden aufgereihten Plasmagewehre sprachen für eine Waffenkammer. So weit, so gewöhnlich. Aber mitten in den Regalreihen voller Waffen stand ein Beneri, leicht zu erkennen an seiner kleinen und weich wirkenden Statur. Wie es schien, war er in eine ungezwungene Plauderei mit einem Rekurianer vertieft. Der Beneri war also kein Gefangener.

»Angia, schau«, zischte Mitch. In diesem Moment schloss sich die Tür.

»Hab's gesehen«, erwiderte sie flüsternd.

»Ihr schweigt!«, verlangte der General.

»Wir waren nur etwas irritiert, einen Beneri ...«, platzte es aus Mitch heraus, er wurde je unterbrochen.

»Du schweigst!«, donnerte der General.

Etwas Seltsames ging auf diesem Schiff vor. Wenngleich Beneri und Rekurianer keinen offenen Krieg führten, waren sie doch bis aufs Blut verfeindet. Dass sie auf demselben Schiff Dienst taten, schien ein Ding der Unmöglichkeit.

Wenn sich Mitch richtig erinnerte, hatte die Prinzessin von einer Intrige gesprochen. Vielleicht hatten sich einige Beneri mit den Rekurianern gegen sie verschworen. Nur warum sollten sie das tun? Wieso sollte man sich mit einem Feind verbünden, der die eigene Spezies auslöschen wollte? Soweit Mitch wusste, gründete sich der Konflikt der beiden Spezies genau darauf. Wegen ihrer Unterschiedlichkeiten vertraten sie die Ansicht, ihre Gegner wären nicht würdig, den gleichen Sauerstoff zu atmen oder auch nur einen Platz im Universum zu beanspruchen.

Als sie einen Turbolift betraten, wurde Mitch aus seinen Überlegungen gerissen.

»Kanzel!«, befahl der General dem Bordcomputer. Ihnen folgten vier Soldaten in den Turbolift, auch wenn noch für weit mehr Platz gewesen wäre. Als sich die Tür schloss, schepperte es draußen vor der Lifttür. Es klang, als wären einige Soldaten beim plötzlichen Anhalten gegeneinandergestoßen.

Steckten in den Rüstungen vielleicht Beneri? Konnte das sein? Eine gewagte Vermutung. Aber nur so war der mangelnde Drill der Soldaten zu deuten. Hätten sich Spione in die Reihen der Rekurianer eingeschlichen, wären sie sofort aufgeflogen.

Mitch hielt es nicht mehr aus. »Warum gibt es hier ...«

»Du schweigst!«, befahl Da-Rekur-Tscha.

Es lag Mitch bereits eine giftige Erwiderung auf der Zunge, als sie, begleitet von einem Ruck, an ihrem Ziel ankamen. Ohne seine Arme verlor Mitch beinah das Gleichgewicht. Er hasste es, auf seine Prothesen zu verzichten. Ohne sie lag sein Körperschwerpunkt woanders und er musste sich erst neu ausbalancieren.

Vor ihnen öffnete sich die Lifttür und gab den Blick auf einen kuppelförmigen Raum preis, an dessen Ende ein Podest mit einem Panoramafenster lag. Zu diesem führte eine breite Treppe hinauf. An deren Fußende standen zwei Gardisten in schwarzen Kampfpanzern. Obwohl ihre Rüstungen Plasmawerfer auf den Schulterplatten trugen, die ein anhaltendes Dauerfeuer entfesseln konnten, hielten sie zusätzlich Plasmagewehre in den Händen und hatten Pistolen gegürtet. Für Rekurianer bedeutete, keine Waffen zu tragen, eine peinliche Schwäche. Mitch hatte einmal gehört, dass es gute alte Sitte unter Freunden war, sich bei einem Wiedersehen umzubringen. Also zumindest den Versuch zu unternehmen. Wie so was aussah, wusste Mitch nicht. Er konnte sich jedenfalls nicht vorstellen, dass ein freundschaftlicher Mordversuch wirklich ernst gemeint war. Womöglich war es auch nur eines der vielen unhaltbaren Gerüchte über diese kriegerische Spezies.

Der General ging voraus auf das Podest zu, gefolgt von Mitch und Angia. Zwar war der Raum schmucklos, dennoch gab es keinen Zweifel darüber, wo sie waren. Hier thronte einer der rekurianischen Tyrannen. Auf dem Podest erblickte Mitch einen klobigen Sitz, schlicht und doch beeindruckend. Auf diesem Sitz hatte ein Rekurianer Platz genommen. Auf der ausladenden Sitzfläche wirkte er klein, fast verloren.

»Tyrann Uur-Rekur-Kra«, stellte der General seinen Gebieter vor, erstieg die Treppe zum Podest und kniete sich ehrerbietig auf die oberste Stufe. Eine deutlichere Geste der Unterwerfung war in dem Kampfpanzer kaum möglich.

Also hatten sie es tatsächlich mit einem Tyrannen zu tun. Das beutetet dieser musste aus der rekurianischen Herrscherfamilie stammen. Welche Position er in dieser einnahm, vermochte Mitch nicht zu sagen. Er konnte auch ein unbedeutender und weit entfernter Verwandter sein. Dagegen sprach allerdings sein gewaltiges Kriegsschiff. Jetzt wurden Mitchs Knie ganz von alleine weich. Dennoch widerstrebte es ihm, auch nur die geringste Form der Ehrerbietung zu zeigen. Angia verweigerte Autoritäten ohnehin den Respekt, weil sie der Ansicht war, Respekt müsse man sich verdienen, er stand einem nicht einfach zu. Deshalb blieb sie ebenfalls stehen.

Der Rekurianertyrann Uur-Rekur-Kra trug eine eng anliegende Rüstung, mit dünnen Metallplatten verstärkt. Sie bestanden zweifellos aus Zoletanium. In seine Unterarmschienen waren zwei Klingen eingearbeitet. Bei Bedarf konnten diese hervorspringen, um einen Gegner nach allen Regeln der Kunst umzubringen. Über seine Knie hatte er einen Kampfstab gelegt. Vermutlich eine Combiwaffe, denn neben einer Rille, die auf eine Plasmaklinge hinwies, hatte der Stab auch noch Mündung und Abzug.

Das Gesicht von Uur-Rekur-Kra unterschied sich kaum von dem des Generals, mit einer Ausnahme: Ihm wuchsen zu einem Kranz angeordnete Hörner aus dem Schädel, ein genetisches Symbol seiner Herrschaft. Seine aufrechte Körperhaltung und das leicht vorgeschobene Kinn erinnerten Mitch an die Beneriprinzessin.

»Das sind die beiden«, erklärte Da-Rekur-Tscha, ohne dass Mitch daraus schlau wurde. Für ihn klang es fast so, als habe der Tyrann nach ihnen schicken lassen.

Uur-Rekur-Kra musterte Mitch und Angia mit seinen dunklen Augen. Dabei strahlte er kühle Gelassenheit aus.

»Ihr sagt mir, was mit Prinzessin Osetta geschehen ist«, verlangte der Tyrann. Offenbar gehörte es zum guten Ton eines Rekurianers, jeden Satz wie einen Befehl klingen zu lassen.

»Wir ...«, Mitch wollte antworten, schließlich war das kein Geheimnis.

»Wieso willst du das wissen?«, fiel ihm Angia ins Wort.

Mitch erstarrte. Aber was hatte er erwartet, Angia ließ wie immer jegliche Vorsicht vermissen.

Doch ihre ungehobelte Art schien den Tyrannen weder zu kränken noch zu beeindrucken. »Ich frage, ihr antwortet.«

»Nein!«, entgegnete Angia.

Mitch wurde abwechselnd kalt und heiß. Was trieb Angia da? Wenn die Rekurianer bisher nicht beabsichtigt hatten, sie umzubringen, würden sie es sich jetzt noch einmal überlegen. Jedenfalls nachdem sie die gefragten Informationen aus ihnen herausgefoltert hatten.

Uur-Rekur-Kra stand von seinem Thron auf, den Kampfstab erhoben und schritt zu Angia hinüber. Doch ihr tief in die Augen zu blicken, um ihre Seele zu ergründen, war zwecklos. Schließlich trug sie Cyberimplantate, aus denen man keine Gefühlsregung ablesen konnte, und ihre Mimik war kalt wie Eis.

»Ich fordere ein Duell!«, verkündete die Arberianerin unvermittelt. »Um unser Leben.«

Zu Reglosigkeit erstarrt, versuchte Mitch zu verstehen, was seine Partnerin gerade getan hatte. Sie ging wohl einfach davon aus, dass ihr beider Leben bedroht war. Doch konnte man sich dessen sicher sein?

Anstatt abzuwarten, was geschah, riskierte sie lieber ihr Leben.

»Du kannst keinen Tyrannen herausfordern«, belehrte der General hinter ihr.

»Natürlich kann ich«, beharrte Angia.

»Du kannst keinen Tyrannen herausfordern«, erwiderte er genauso stur wie die Arberianerin.

»Und warum nicht?« Angia verschränkte die Arme vor der Brust und reckte ihr Kinn hoch, so als wäre der General nicht einen Blick wert.

Der Rekurianertyrann sah sie durchdringend an. Wenn sich Mitch nicht täuschte, dann waren seine Gesichtszüge etwas weicher geworden. Amüsierte ihn Angias Sturheit?

»Ein Rekurianer nimmt jede Herausforderung an«, sagte Uur-Rekur-Kra letztlich. »So befielt es der Codex.«

»Im Codex steht aber, dass nur ein Tyrann einen anderen Tyrann herausfordern kann«, erinnerte der General. Gegenüber seines Tyrannen verlor sich sein Befehlston. Jetzt wirkte er kleinlaut, fast verzweifelt. So als wüsste er, dass sein Einwand keine Beachtung finden würde.

»Richtig. Wir wären ständig in Duelle verwickelt, wenn es nicht so wäre«, stimmte der Tyrann zu. »Stell dich also vor und beweise dein Recht, mich zum Kampf zu fordern.«

»Ich bin Angia, die ...« Ihre Denkpause war eindeutig. Jedem Anwesenden musste klar sein, dass sie sich gerade etwas ausdachte. »Angia, die Tyrannin aller Arberianer!«, warf sie sich in die Brust.

Jetzt stahl sich tatsächlich so etwas wie Verwunderung in die Miene des Tyrannen. Allerdings konnte es auch Erheiterung sein.

»Kommandant Da-Rekur-Tscha, bestätige diesen Titel«, verlangte Uur-Rekur-Kra von seinem Soldaten.

»Mein Tyrann, das ist unmöglich«, seine Stimme klang jetzt tatsächlich zittrig. Ob aus Wut oder Verlegenheit, vermochte Mitch nicht zu sagen.

»Ich bin von meiner Spezies einstimmig zur Tyrannin bestimmt worden.«

Mitch hätte am liebsten gefragt, wann diese Wahl denn stattgefunden haben sollte, aber er kannte die Antwort: gerade eben!

»Die Arberianer sind ausgestorben«, bemerkte der General kleinlaut.

»Bis auf eine.« Angia setzte ein überlegenes Lächeln auf.

Für einen Moment herrschte drückenden Stille. Nur das Summen des Antriebs war zu hören, es übertrug sich über die Metallkonstruktion in jeden Teil des Schiffes. Unvermittelt und für Mitch völlig überraschend brach der Tyrann in schallendes Gelächter aus. Seine Belustigung war so ehrlich und herzlich, dass Mitch fast mit eingestimmt hätte, wenn es nicht gerade um sein Leben gegangen wäre.

Sich vor Lachen schüttelnd, stützte sich der Tyrann auf seinen Kampfstab.

Verlegen blickte Mitch über die Schulter und sah, wie sich der General ebenfalls peinlich berührt abwandte.

»Euer Argument ist überzeugend, Tyrannin Angia, Letzte der Arberianer«, sprach Uur-Rekur-Kra feierlich. »Ich nehme die Herausforderung an.«

»Mein Tyrann, ich muss ...«

»Ihr müsst vor allem schweigen, General Da-Rekur-Tscha«, unterbrach ihn der Tyrann. »Bereitet den Kampf vor.«

13

»Angia! Was bei allen Welten hast du dir dabei gedacht?«, wetterte Mitch.

»Ganz einfach: Ich zerfetze diesen Wichtigtuer, nehme seinen Platz ein und wir sind gerettet«, erklärte sie.

»Das wird niemals funktionieren«, widersprach Mitch schwarzseherisch. Ohne seine Prothesen war er völlig hilflos. Vielleicht war es dieses Gefühl, das ihn pessimistisch stimmte.

»Einer Auglarasmine entkommt man auch nicht«, wusste Angia und schloss den eng anliegenden Kampfanzug aus irgendeiner Kunstfaser.

»Das wusste ich damals nicht.«

»Du meinst, wenn ich dir gesagt hätte, dass es aus den Minen kein Entkommen gibt, hättest du uns nicht befreit?« Angia sah ihn fragend an.

»Ja. Ich war jung und hab dir vertraut.«

»Dann vertrau mir auch jetzt.«

»Das ist nicht so einfach, Rekurianer sind die besten Krieger des ganzen Universums.«

»Das sagen selbst die Beneri über sich und die sind nicht mehr als Luftsäcke.« Angia wippte mit den Füßen und lockerte ihre Schultern.

»Aber ihre Haut«, warf Mitch ein. »Ich hab gehört, dass sie selbst Plasmageschossen standhält.«

»Ich kratze ihm die Augen aus, dabei nützt ihm seine Haut auch nichts. Langsam glaube ich, du willst mich scheitern sehen.«

»Nein, ich will nur ... dass dir nichts passiert.«

Angia lächelte mild. Ihre hervorblitzenden Fangzähne verliehen ihrem Gesichtsausdruck eine angriffslustige Note.

Mit einem Mal flammte ein grelles Licht auf. Mitchs Augen gewöhnten sich nur schwer daran, doch dann sah er, dass die Rückwand ihrer kleinen Kammer durchsichtig geworden war. Dahinter lag eine Arena, deren Beleuchtung gleißendes Licht zu ihnen hereinwarf. In der Kampfarena stand in jeder Ecke ein Rekurianer in schwarzer Kampfrüstung. Bewaffnet mit, aus den Schultern ragenden, Plasmageschützen und einem Plasmagewehr. Vor der durchscheinenden Wand stand ebenfalls ein solcher Soldat, in seiner Hand hielt er allerdings einen Kampfstab. Es war ein einfaches Modell aus Metall mit kugelförmigen Enden. Diese Waffe würde ausreichen, jemandem den Schädel einzuschlagen.

In der durchsichtigen Wand glitt, begleitet von einem Zischen, eine Tür auf. Mitch spürte, wie die Luft in der Kammer in Bewegung geriet.

»Kämpfer, stellt euch!«, donnerte es durch die Arena.

»Das ist wohl mein Stichwort«, zischte Angia, Angriffslust lag in ihrer Stimme.

Mitch wollte so vieles sagen, angefangen von »Viel Glück« bis »Pass auf dich auf« oder »Vielleicht können wir vom Kampf noch zurücktreten«. Nichts davon brachte er über die Lippen. Deshalb nickte er Angia einfach nur zu.

Sie schenkte ihm ein letztes Lächeln und trat in die Arena, einem rechteckigen Kampfplatz mit einer Seitenlänge von etwa vierzig Secs.

Auf der gegenüberliegenden Seite stand ebenfalls ein Rekurianer in schwarzer Kampfrüstung mit einem Stab in den Händen. Neben ihm hatte sich eine Tür geöffnet. Die Wand blieb jedoch undurchsichtig. Aus der

Öffnung trat der Tyrann in die Arena. Mitch erkannte ihn an seinem gehörnten Kopf. Er trug lediglich eine eng anliegende Hose und bewegte sich überraschend geschmeidig. Obwohl seine Haut so aussah, als sei sie aus Stein gemeißelt, schien ihn diese Struktur nicht zu behindern.

Von weiteren Zuschauern sah Mitch nichts, aber sie konnten wie er hinter den Wänden verborgen sein, die nur zum Kampfplatz hin durchsichtig waren.

Zischend schloss sich die Tür zur Arena. Sofort wurde es still um Mitch. Jetzt war er zum Zusehen verdammt.

Soeben bekamen die beiden Kontrahenten ihre Kampfstäbe überreicht. Dabei fiel Mitch auf, wie Angias Arm leicht nach unten sackte. Der Stab bestand also aus keinem Leichtmetall. Die Arberianerin war zwar stärker als ein Mensch, doch Rekurianer galten als die Spezies mit der stärksten Physis, weit vor den Arberianern. Der Tyrann besaß noch einen anderen Vorteil: Er war an die Schwerkraft des Schiffes gewöhnt. Mitch fühlte deutlich, wie die Gravitation auf seinen Schultern lastete. Im Nahkampf verließ sich Angia gerne auf ihre Schnelligkeit, doch die Schwerkraft würde sie, zusammen mit der schweren Waffe, ausbremsen.

Inmitten der Arena glomm ein Kreis auf dem Boden auf. Ob das der eigentliche Kampfbereich war und die Kontrahenten den Kampf verloren, wenn sie diesen verließen, wusste Mitch nicht. Insgeheim wünschte er es sich. Für alle wäre es besser, eine Möglichkeit zu finden, diesen Kampf auf eine nicht tödliche Weise zu beenden. Denn daran, dass die Rekurianer Angia gehorchen würden, wenn sie ihren Tyrannen tötete, glaubte Mitch nicht. Wahrscheinlicher war es, von den aufgebrachten Soldaten erschossen zu werden.

Die beiden Gegner nahmen am Rand des Kreises

Aufstellung. Mitch konnte Angias Gesicht nicht sehen und der Rekurianer wirkte angesichts eines Kampfes auf Leben und Tod überraschend gefasst. Mitch hatte sich schon etliche Male in Lebensgefahr befunden, die Stille und Klarheit, die er dabei erlebt hatte, war erstaunlich. Möglicherweise ein Überlebensinstinkt aus grauer Vorzeit.

Auf ein Signal, das Mitch nicht hörte, gingen die beiden Kontrahenten aufeinander los. Der Rekurianer schnellte auf Angia zu und stieß ihr die Waffe entgegen. Er zielte eindeutig auf ihren Kopf. Keine Finten, kein Antäuschen eines Angriffs, kein Herantasten oder Taktik ausloten. Er versuchte sich direkt an einem Todesstoß. Angia wich schneller zur Seite, als Mitchs Augen ihr folgen konnten. Ihr Kampfstab fiel und noch bevor dieser auf den Boden aufschlug, packte sie die Waffe des Angreifers, ließ sich nach hinten fallen, rammte ihm die Füße in den Bauch und riss ihn über sich hinweg. Der Rekurianer prallte mit dem Rücken auf den Boden. Schon war Angia wieder auf den Beinen. In den Händen hielt sie ihren Kampfstab. Als wäre der Stab eine Plasmaaxt, ließ sie die Waffe auf ihren Gegner niedergehen. Dieser wehrte den Hieb im letzten Moment mit seinem Kampfstab ab. Mitch meinte, die Waffen klirren zu hören, als sie aufeinanderprallten.

Der Rekurianer drehte sich unter dem Angriff heraus, kam in derselben Bewegung auf die Beine, führte einen halbherzigen Schlag gegen Angia und brachte sie damit auf Distanz. Er bewegte die Lippen. Was er sagte, drang nicht durch die durchscheinende Wand. Aber was auch immer er gesagt hatte, Angia schien es rasend zu machen. Mitch bemerkte es daran, wie seine Partnerin scheinbar unwillkürlich nach vorne zuckte. Glücklicherweise war sie eine zu erfahrene Kämpferin, um aus der Fassung zu geraten. Doch ihren kurzen Moment der Erschütterung nutzte der Rekurianer für einen Angriff, den sie nur im letzten Augenblick parierte. Schlag um Schlag ging auf Angia nieder. Dabei geriet sie immer mehr in die Defensive. Der Tyrann drängte sie bis an den Rand des Rings zurück. Dann fand sie den Rhythmus wieder und stellte sich auf den Kampfstil ihres Gegners ein. Nahezu sofort nutzte sie eine Lücke in seiner Deckung. Sie stieß ihre Waffe hindurch und traf den Tyrannen mit voller Wucht in der Flanke. Der Treffer brachte den Rekurianer kurz ins Taumeln. Doch Angia war zu leicht, um ihn niederzuwerfen. Sie entging dem ungezielten Gegenangriff und drosch nach dem Kopf des Rekurianers. Dieser drehte sich im letzten Moment zu Seite. Angia traf dabei nur noch seine rechte Schulter. Augenblicklich erschlaffte der Arm des Tyrannen. Leblos fiel seine Hand von der Waffe. Mit einer Hand bekam er sichtlich Schwierigkeiten, den Kampfstab zu führen. Angia sah ihren Vorteil und schlug mit aller Kraft auf die Waffe ihres Gegners, die er zu einer Parade hob. Der Stab entglitt ihm und fiel zu Boden. Trotz der runden Enden blieb die Waffe unbewegt liegen. Der Kampfstab musste noch schwerer sein, als Mitch geahnt hatte.

Mit ungezielten Stößen trieb Angia ihren Gegner von der Waffe weg. Zweimal musste der Rekurianer den Kampfstab mit seinem linken Unterarm abwehren. Er geriet dabei immer mehr ins Hintertreffen. Dafür, dass es ihrem Tyrannen gerade an den Kragen ging, wirkten die Soldaten in der Arena sehr entspannt. Vielleicht eine Eigenart dieses Volkes.

Angia zielte immer wieder auf den schlaffen Arm ihres Gegners. Angriffe aus dieser Richtung konnte er nur schwer abwehren und war deshalb zum Ausweichen gezwungen, bis ...

Mitch fluchte in sich hinein.

Der vermeintlich unbrauchbare Arm des Rekurianers schnellte empor, ergriff den Kampfstab und riss ihn Angia aus den Händen. Damit hatte sie nicht gerechnet. Völlig überrumpelt stolperte sie ihm entgegen. Mit einem Schwinger, der von jeder anderen Lebensform nur noch roten Nebel übrig gelassen hätte, fegte er sie von den Beinen. Angia schlug hart auf und rührte sich nicht mehr.

Mitch starrte in die Arena. In ihm verkrampfte sich alles. Arberianer mussten nicht atmen. Deshalb konnte er unmöglich sagen, ob sie noch lebte. Wobei *Leben* das falsche Wort für ihre Art war, sie lebten nicht im eigentlichen Sinne.

Der Rekurianer ließ seine Waffe fallen und kniete sich neben Angia.

Was sollte das jetzt? War er etwa besorgt? Im Moment war für Mitch alles zu viel. Sie waren von den Rekurianern gefangen genommen worden, in einen Kampf bis zum Tod verwickelt und Angia verlor. Und er saß fest, ohne seine Arme, zum zusehen verdammt.

Für das Auge kaum wahrnehmbar schnellte Angias Hand nach oben und packte den Rekurianer am Hals. Dieser schlug ihren Arm beiseite. Dabei redete er auf Angia ein. Mit ihrer anderen Hand unternahm sie noch einen Angriff. Offenbar wollte sie dem Rekurianer wie angekündigt die Augen auskratzen. Er zog im letzten Moment den Kopf zurück und packte ihr Handgelenk. Immer noch redete er auf sie ein. Vergeblich versuchte sich Angia, aus seinem Griff zu befreien. Wenn sie sich nicht in einer halbliegenden Position befunden hätte, dann würde sie wohl nach ihm treten. Nur langsam erstarb ihr Widerstand und der Rekurianer ließ sie, wenn auch zögernd, los.

Die beiden Kontrahenten erhoben sich. In dem

Moment glitt die durchsichtige Tür beiseite. Zögerlich trat Mitch hindurch. Er wusste nicht, ob dies als Einladung für ihn gedacht war oder ob er mit seinem Betreten der Arena vielleicht eine unbekannte Regel verletzte. Eigentlich trat er immer recht selbstsicher auf, nur ohne seine Arme schwand auch sein Selbstvertrauen.

Als Angia ihn bemerkte, winkte sie ihn zu sich hinüber. Neugierig kam Mitch der Aufforderung nach. Zwar ließ er sich nicht gerne herumscheuchen, allerdings brannten ihm einige Fragen auf der Seele, die er unbedingt stellen musste.

»Was ist hier eigentlich los?« Diese Frage war seine drängendste.

Angia warf ihm einen kurzen Blick zu. Sie wirkte kaum angeschlagen, im Gegensatz zu dem Rekurianer, in dessen Haut sich Risse an den Stellen zeigten, wo er von Angia getroffen worden war.

»Scheinbar kann man nach rekurianischem Recht nicht auf Leben und Tod kämpfen, wenn das Leben gar nicht bedroht ist.« Angia klang enttäuscht.

»So ist es«, stimmte der Tyrann zu. Er wirkte nicht so, als habe ihn der Zweikampf viel Kraft gekostet, auch seine Wunden schienen ihn nicht zu schmerzen. Wie es hieß, lebten die Rekurianer für den Kampf, umso eigenartiger war es, dass er Angia nicht getötet hatte.

»Das ist ... erstaunlich«, urteilte Mitch. Prüfend stieß er einen der Metallstäbe mit dem Fuß an, aber die Waffe rührte sich kaum. Die Schwerkraft zog den Kampfstab stärker herunter, als er durch seine Kugelenden an Momentum aufnehmen konnte.

»Aber man erfährt viel über jemanden, wenn man gegen ihn kämpft.«

»Dann ist ein Zweikampf also eure Art, um ›Hallo‹ zu sagen?«, brachte Mitch seine Ratlosigkeit zum

Ausdruck.

»So könnte man es ausdrücken«, stimmte der Rekurianer zu. »Jetzt, wo wir Freunde sind, sprechen wir in einer gemütlicheren Atmosphäre.«

»Freunde?«, fragte Angia verdutzt.

»Für einen Rekurianer gibt es nur Freunde oder Feinde, für etwas dazwischen haben wir kein Wort in unserer Sprache«, erklärte der Rekurianer.

»Na dann. Als Zeichen der Freundschaft könntest du Mitch seine Prothesen wiedergeben«, forderte Angia ihn heraus.

Der Tyrann lächelte mild.

14

Mitch konnte drei Dinge nicht wirklich glauben. Zum Ersten, dass die Rekurianer die metallenen Bänke und den Tisch aus demselben Material als gemütlich bezeichneten. Zum Zweiten, dass ihm nun ein rekurianischer Tyrann gegenübersaß, der ihnen Heißgetränke servieren ließ. Und zum Dritten, dass sie ihm tatsächlich seine Prothesen zurückgegeben hatten. Sie waren weder beschädigt noch mit einem Programm blockiert. Man hatte sie sogar aufgeladen. Der Plasmaausstoß, zu dem seine Prothesen im Stande waren, hätte vermutlich ausgereicht, den Tyrann zu töten. Entweder ahnten die Rekurianer nichts von der Funktion oder aber sie vertrauten Mitch. Schließlich waren sie jetzt *Freunde*. Was für eine absurde Vorstellung.

Angia betrachtete den dampfenden Becher vor sich. Mit ihren Augenimplantaten analysierte sie wohl den Inhalt.

Neben ihnen im Aufenthaltsraum stand der General. Er trug weiterhin seine Kampfrüstung. Vielleicht teilte er Freunde und Feinde doch noch in feinere Kategorien ein. Sein Plasmagewehr trug er in einer Halterung auf dem Rücken, seine Arme hatte er abweisend vor der Brust verschränkt.

Der Tyrann prostete seinen neuen Freunden zu und nahm einen tiefen Schluck.

Angia griff ebenfalls zu ihrem Becher und trank ihn mit einem Zug leer. Sie entspannte sich daraufhin etwas. Ihre Art war mit permanentem Blutdurst verflucht, wie sie es nannte. Sie hatte den animalischen Trieb jedoch gut im Griff. Nur weil Mitch sie so gut kannte, fiel ihm ihre Anspannung auf.

»Also, was willst du?«, fragte Angia, sie klang fast schon versöhnlich, als sie den Tyrannen ansprach.

»Prinzessin Osetta«, antwortete der Tyrann unumwunden. In seiner Stimme lag weder Groll noch Feindschaft. War sie auch ein *Freund* von ihm?

»Sie ist in Sicherheit«, wehrte Angia ab. »Die bekommst du nicht.«

»Ich will ihr nichts tun«, beteuerte Tyrann Uur-Rekur-Kra. »Sie ist ...«

»Ein Freund?«, fragte Mitch und nahm jetzt ebenfalls einen Schluck von der dampfenden Flüssigkeit. Sie schmeckte bitter, metallisch und brannte in seiner Kehle. Er unterdrückte ein Husten.

»Sie trägt unser Kind.«

Mitch hätte fast das Getränk verschüttet, als ihm vor Überraschung die Kontrolle über seine mechanische Hand entglitt und sie samt Becher auf den Tisch sackte.

Angias Mund war ebenfalls leicht geöffnet. Für einen Moment starrten die beiden Kopfgeldjäger den Tyrannen fassungslos an.

»Das ist nicht ...«, die übrigen Worte blieben Angia im Hals stecken.

»Es ist möglich«, widersprach der Tyrann. »Aber genauso wie ihr beide, hält es keiner für vorstellbar.«

»Unterschiedliche Spezies können keine Kinder bekommen, es sei denn durch genetische Manipulation«, gab Mitch sein Thekenwissen zum Besten. »Und dabei geht eigentlich immer etwas schief.«

»Das ist der entscheidende Punkt«, sagte der Tyrann. »Beneri und Rekurianer bekriegen einander, weil wir uns gegenseitig für ... minderwertig halten. Die Beneri sind weiche Fleischsäcke, die Rekurianer wild und brutal. Ihr kennt es ja. All unsere Feindseligkeit gründet sich nur auf den Unterschieden unserer Spezies. Wie sich herausgestellt hat, sind wir aber von derselben Spezies.«

Mitch betrachtete den Rekurianer ungläubig. Er war so hart wie ein Fels und die Beneri so weich wie Wasser.

»Spezies verändern sich durch äußere Einflüsse. Wir sind ein Teil unserer Art, der sich auf Planeten mit hoher Schwerkraft niedergelassen hat, während die Beneri ein Teil unserer Art sind, die den Weltraum erforschen wollten. Über Jahrtausende waren wir voneinander getrennt, bis wir mehr oder weniger zufällig wieder aufeinandergetroffen sind. Unsere Unterschiede erschienen zu groß, als dass wir Freunde werden konnten.«

»Aber wenn das bekannt ist, wieso seid ihr dann überhaupt noch Feinde?« Angia schien offen ratlos.

»Weil die Rekurianer nur Freund oder Feind kennen«, steuerte Mitch bei und biss sich gleich auf die vorlaute Zunge. Immerhin hatten sie es mit einem rekurianischen Tyrannen zu tun und selbst wenn sie wie Freunde beisammen saßen, wusste er nicht, wo diese Freundschaft bei Rekurianern aufhörte.

»Unsere Feindschaft ist kompliziert, aber ohne Grundlage«, überlegte der Tyrann. »Das Wissen über unsere gemeinsamen Vorfahren ist verloren gegangen. Osetta ist in einem Archiv auf ein altes Textfragment über unseren Ursprung gestoßen. Es war nicht mehr als ein kleiner Hinweis darauf. Aber ihr habt sie getroffen, die Prinzessin. Schaut mir in die Augen und sagt mir, was Ihr dort seht.«

Tatsächlich wiesen seine dunklen Augen einen Blauschimmer auf, der entfernt an die Beneri erinnerte. Für Mitch reichte diese Ähnlichkeit jedoch nicht als Beweis.

»Interessant«, urteilte Angia, wenn Mitch auch nicht

wusste, was sie durch ihre bionischen Augen genau wahrgenommen hatte. Sie konnte ganz andere Lichtspektren analysieren und deshalb Dinge erkennen, die Mitch verborgen blieben. »Eine Verwandtschaft wäre möglich.«

»Aber wie habt Ihr überhaupt Kontakt zu der Prinzessin aufgenommen?« Mitch schwirrte der Kopf.

»Rekurianertyrannen müssen Schlachten gewinnen, um sich zu beweisen. Bei einer Raumschlacht im neutralen Sektor gingen wir gerade noch als Sieger hervor. Dabei fiel uns Prinzessin Osetta in die Hände. Sie kann sehr überzeugend sein.« Ein Lächeln breitete sich über sein Gesicht aus. »Sie machte mir unsere Verwandtschaft deutlich, welches Elend im Krieg steckt und wie mächtig eine Verbindung unserer Nationen wäre.«

»Aber wenn dir das alles klar ist, dann befiel es doch einfach. Du bist schließlich ein Tyrann und dein Wort ist Gesetz.« Angia schien sich aus irgendeinem Grund zu ärgern.

»Ich bin nur ein … wenig bedeutender Tyrann. Der siebte Sohn des Kar-Un-Rekur-Kra. Ich habe Glück, dass ich ein Kriegsschiff befehligen darf. Mein Wort hat kaum Gewicht. Ich müsste mich an die Spitze meines Volkes kämpfen, das Recht steht mir zu. Das Problem ist, wenn ich mich einmal auf dieses Spiel einlasse, stehen meine Chancen, es zu gewinnen, eins zu …« Er überlegte. »Jedenfalls nicht sehr hoch. Jeder trifft früher oder später seinen Meister. Ich wäre tot, bevor ich die geringste Veränderung bewirkt hätte.«

»Mein Tyrann, Ihr …«, mischte sich der General ein.

»Da-Rekur-Tscha, schweig«, ging ihn der Tyrann an. »Du weißt, dass es wahr ist. Und nur weil es deinen Stolz verletzt, werde ich mich nicht auf den Kampf um die Herrschaft über meine Spezies einlassen. Nein. Ich habe mich für einen anderen Weg entschieden. Ein Kind, geboren von einer Beneri und einem Rekurianer, ist ein unumstößlicher Beweis für unsere Verwandtschaft. Darüber kann niemand mehr hinwegsehen. Auf diese Weise soll mein Name in die Chroniken eingehen. Nicht als einer von abertausenden Namen, die sich zum obersten Tyrannen aufschwingen wollten und daran gescheitert sind.«

»Also doch«, entgegnete Angia.

»Was meint Ihr?«

»Dir geht es also auch nur um Macht und Einfluss. Auf diese Art rechnest du dir nur bessere Chancen aus«, urteilte sie.

Mitch bewunderte seine Partnerin für ihre Offenheit. Selbst wenn sie damit gelegentlich ihrer beider Leben aufs Spiel setzte. Einem Herrscher, der sie mit einer Handbewegung töten lassen konnte, zu sagen, dass es ihm bei seiner Friedensmission nur um sein eigenes Ego ging, war genau betrachtet nicht besonders klug.

»Natürlich«, gestand der Rekurianer unumwunden. »Darum geht es doch immer. Wir alle wollen eine Kerbe ins Universum schlagen. Die einen wollen zerstören und die anderen wollen eine neue Gemeinschaft erschaffen.«

Schweigen legte sich über den Raum.

»Und warum erzählt Ihr uns das alles?«, brach Mitch die Stille.

»Prinzessin Osetta hat mir aus eurem ... *Raumschiff* eine Nachricht geschickt. Sie hat mir mitgeteilt, dass ihr euer Leben riskiert habt, um sie zu retten. Deshalb wollte ich mit euch sprechen.«

»Wir haben eigentlich nur unseren eigenen Ar-«

»Angia«, zischte Mitch, nicht wegen ihrer Ausdrucksweise, sondern weil er es nicht für besonders ratsam hielt, den Rekurianer darauf hinzuweisen, dass sie die Prinzessin gar nicht schützen, sondern nur entkommen wollten.

»Wir sind Kopfgeldjäger und hatten einen Auftrag«, erklärte Mitch.

»Eure Profession ist mir bekannt. Ich weiß auch, dass ihr Kopfgeldjäger von einem Auftrag nicht ablasst, wenn ihr ihn einmal angenommen habt. Mehr muss ich über euch nicht wissen.«

In Mitchs Ohren klang es so, als wollte er ihnen einen Auftrag anbieten. Ging es ihm wirklich nur darum? Zugegeben, seiner Meinung nach gab es keine bessere Möglichkeit, um festzustellen, ob Angia und er dieser Aufgabe gewachsen waren. Seit sie an Bord des Kriegsschiffs gekommen waren, hatten die Rekurianer ihr Raumschiff und die Prothesen überprüfen können und dann wäre der Zweikampf nur ein Test ihrer Kampfkraft gewesen.

»Wir nehmen nur Aufträge vom Kopfgeldjägerbüro an«, wies Angia ihn zurück. Sie war wohl zum selben Schluss gekommen. »Also, was auch immer du für einen Auftrag hast, schicke ihn dorthin und jemand ... mehr oder weniger Kompetentes wird sich darum kümmern.«

Man sagte Rekurianern eine leichte Reizbarkeit nach. Mitch konnte nur hoffen, dass zum Titel eines Tyrannen auch eine gewisse Selbstbeherrschung gehörte. Vielleicht rührte der Grund ihrer Reizbarkeit daher, weil sie in jedem nur Freund oder Feind sahen. Einem Freund verzieh mal vieles, einem Feind dagegen gar nichts. Ein Schluss, zu dem Angia wohl noch nicht gekommen war, denn sie unternahm gerade alles, um sich die Rekurianer zum Feind zu machen.

Zu Mitchs Erstaunen blieb der Rekurianertyrann völlig gelassen. Wenn er sich durch ein Friedensbündnis einen Namen machen wollte, war er wohl die Ausnahme von der Regel.

»Ich kann mich an keine offizielle Stelle wenden, weil

das, was wir tun, verboten ist. Auf eine Verbindung zwischen Rekurianern und Beneri steht der Tod.«

Langsam dämmerte es Mitch, auf was dieses unfreiwillige Treffen hinauslief. »Wenn jemand herausfindet, dass die Prinzessin von Euch schwanger ist, dann schwebt sie in Lebensgefahr.«

»Wenn?«, fragte Angia und sah ihren Begleiter mit gerunzelter Stirn an. »Sie wissen es schon längst, sonst hätte es keinen Mordauftrag für sie gegeben.«

»Es war ein Rekurianer, der das Kopfgeld ausgesetzt hat. Bei ihren eigenen Leuten sollte sie doch sicher sein«, urteilte Mitch. Zwar kam ihm sein Argument dumm vor, aber in ihm erwachte der Wunsch, sich aus dieser Situation herauszulavieren.

»Es gibt verschiedene Kräfte, die unseren Friedensplan vereiteln wollen. Vor allem jene, die vom Krieg profitieren. Prinzessin Osetta ist vermutlich nirgendwo mehr sicher«, stellte der Tyrann klar.

Mitch nickte und schwieg. Osetta hatte gesagt, dass sie bei den Gonariern Asyl gesucht hatte, weil sie sich vor Intriganten fürchtete. Nur wollte Mitch dem Tyrannen keine Argumente liefern, warum er und Angia aufbrechen mussten, um sie zu retten. Vielleicht gab es für sie noch eine kleine Chance, nicht zwischen den Fronten aus Beneri und Rekurianern zermalmt zu werden.

»Es war jedenfalls sehr freundlich von Euch, uns einzuladen. Aber wir müssen jetzt weiter«, verabschiedete sich Mitch und stand auf.

Angia sah ihn nur an und schüttelte leicht den Kopf. In ihren Augen war es also schon zu spät. Als Mitch sich zum General umsah, der ihnen den Ausgang allein durch seine Präsenz versperrte, verstand er auch, wie seine Gefährtin zu dieser Annahme gekommen war. Man würde sie nicht mehr gehen lassen.

»Prinzessin Osetta ist in Gefahr und jemand muss sie retten.«

»Retten? Aus dem Palast ihres Vaters?«, fragte Angia ungläubig. »Sprechen wir doch ganz offen. Du willst, dass wir Osetta entführen.«

»Nein retten, meine Quellen haben mir zugetragen, dass man sie wegen Verrats festgenommen hat. Wenn die Beneri nichts von dem Baby gewusst haben, dann wissen sie es seit dem Scan bei ihrer Rückkehr. Es ist nur eine Frage der Zeit, bis man herausfindet, was es mit diesem Kind auf sich hat.«

»Hättest du das nicht gleich sagen können?«, fauchte Angia. »Dann hätten wir uns das ganze Trara schenken können.«

»Ich wollte, dass ihr beide die Dringlichkeit versteht.« Die freundliche Stimme des Tyrannen wurde härter. »Und wir sind auf eure Hilfe angewiesen. Ich kann Osetta nicht befreien, ohne einen offenen Krieg zu riskieren und dann wären all unsere Mühen umsonst.«

Mitch ließ sich seufzend auf den Stuhl zurücksinken. »Und nachdem wir freiberuflich unterwegs sind ...«

»Genau«, stimmte der Tyrann zu. »Ein Mensch und eine Arberianerin, die auf eigene Faust versuchen, eine Beneriprinzessin zu entführen ... Es ist ein Risiko. Aber besser, als ein ganzes rekurianisches Squad loszuschicken.«

»Das ist absoluter Wahnsinn, der Palast und Osetta werden schwer bewacht und ...« Mitch wusste nicht, was er dazu sagen sollte. »Das ist Selbstmord«, nur darin war er sich sicher.

Der Rekurianertyrann sah die beiden durchdringend an.

Eine weitere Gewissheit legte sich wie eine eiserne Faust um Mitchs Herz. Angia sprach seine Befürchtung aus.

»Im Moment sind wir Freunde, aber ich vermute, wenn wir Osetta nicht befreien, werden wir sehr schnell zu Feinden?«

Der Tyrann nickte mit einer Endgültigkeit, wie Mitch noch nie jemanden hatte nicken sehen. »Wenn ihr etwas passiert, sind wir Feinde und alle Rekurianer werden Jagd auf euch machen«, bestätigte er tonlos. »Meine Spezies wird euch beide auslöschen, ohne auch nur eine Frage nach dem Grund dafür zu stellen.«

»Aber ... aber ...«, stammelte Mitch. Selbst wenn er wusste, dass es aus dieser Situation schon lange kein Entrinnen mehr gab, suchte er immer noch nach einem Ausweg. »Was, wenn man uns fängt und befragt? Wir wissen jetzt, was Ihr plant. Ich meine, das würde euch doch bei den anderen Rekurianern ebenfalls in Misskredit bringen.«

»Wer sollte euch glauben?«, fragte der Tyrann, mittlerweile klang seine Stimme eiskalt.

Ein endgültiges Schweigen legte sich über den Raum.

»Wir haben einen Verbündeten im Palast«, fügte der Tyrann etwas versöhnlicher hinzu. »Deshalb kann ich euch einen vollständigen Plan der Raumstation geben. Im Inneren seid ihr allerdings auf euch allein gestellt.«

»Ja, ganz toll«, seufzte Angia.

15

»Das ist alles deine Schuld!«, fuhr Angia Mitch an, als sich die Einstiegsluke der Kiste hinter ihnen schloss.

»Wieso meine?«, fragte er überrascht.

»Weil du so nett zu der Prinzessin warst, glaubt sie, wir wären die freundlichen Kopfgeldjäger aus dem Nachbarsternensystem, die sich auch nur eine Prise Meteoritenstaub dafür interessieren, was da in ihr wächst.«

»Ach so«, seufzte Mitch. »Ich fürchte, jemanden zu retten, liegt mir im Blut.« Er hob demonstrativ seine Handprothesen, um Angia an ihr Entkommen aus den Minen zu erinnern. Seine Hände hatte er bei ihrer Flucht verloren. Genauer gesagt, als er Angia befreit hatte.

Fauchend ging sie an ihm vorbei.

»Weißt du, was ich glaube?«, fragte sie, als sie sich auf den Pilotensitz schwang und die Triebwerke der Kiste startete.

»Gerade nicht«, brummte Mitch. Sein Kopf schwirrte beim Gedanken daran, sich in den Palast der Beneri hineinzuschleichen. Ein kompletter Bauplan der Station war hilfreich, aber bei Weitem nicht genug für eine derartige Rettungsmission.

»Ich glaube, der Kerl hat angenommen, dass wir ihm unsere Hilfe freiwillig anbieten, wenn er uns seine Geschichte erzählt«, überlegte Angia.

»Wie kommst du denn darauf?«

Die Kiste erhob sich und schoss aus dem Landungsdock des Rekurianerraumschiffs.

»Rekurianer reden gerne über ihre Großtaten. Wenn es einem gelingt, seinen Gegenüber zu beeindrucken, dann hat man einen Verbündeten gewonnen.«

»So?«, sagte Mitch erstaunt. »Hat wohl nicht damit gerechnet, was für selbstsüchtige Mistkerle wir sind.«

Angia grinste breit. Sie setzte Kurs auf die Raumstation.

»Wobei so selbstsüchtig sind wir auch wieder nicht, schließlich hätten wir ihm noch ein paar Credits aus den Rippen leiern können. Wenn jemand drei Millionen auf den Tod von Osetta ausgesetzt hat, sollte ihm ihr Leben mindestens das Doppelte wert sein.«

Angia nickte. »Erinnere mich dran, wenn wir die Prinzessin übergeben.«

»Ich hab nur keine Ahnung, wie wir in den Palast reinkommen sollen oder heil wieder raus.« Diese Fragen bewegten Mitch schon, seit der Tyrann sie verabschiedet hatte.

Angia schüttelte nur ratlos den Kopf.

»Hank!«, überkam es Mitch.

»Wo?!«

»Nicht hier«, erwiderte Mitch.

»Ach so.« Angia entspannte sich.

»Ich hab den Drecksack doch auf der Raumstation getroffen, erinnerst du dich? Er lässt dich übrigens grüßen.«

»Darauf kann ich verzichten«, wies Angia den Gruß zurück. Mit einer schnellen Eingabe forderte sie eine Landeerlaubnis an. »Und wie kommst du ausgerechnet auf ihn?«

»Na ja, er wollte mich engagieren, damit ich ihm helfe, Prinzessin Osetta zu töten. Was wäre, wenn wir ihm helfen?«

Angia drehte ihren Kopf zu Mitch hinüber. »Hast du nicht zugehört? Wir kommen aus der Sache nicht raus, wenn wir Osetta umbringen. Nicht, dass mir die Vorstellung nicht gefällt, aber ...«

»Das meine ich auch nicht«, wiegelte Mitch ab. »Aber wir könnten so tun, als wollten wir Hank bei seinem Vorhaben unterstützen. Und wenn er sich dann wie ein Wahnsinniger durch den Palast ballert, sind die Wachen abgelenkt und wir können Osetta retten.«

»Sehr schön«, urteilte Angia. Ihre Stimmlage troff vor Sarkasmus. »Ich hab da nur eine Frage, sprengst du ein Schiff, wenn ein einziger Schaltkreis defekt ist?«

Mitch verdrehte die Augen. »Du meinst, Hank ist ein zu großes Risiko?«

»Wo soll ich da anfangen? Nicht nur, dass du einen Irren in deinen Plan miteinbeziehst, der uns ohne Umschweife töten würde, wenn er sich einen Vorteil davon verspricht. Er will auch die Person umbringen, die wir retten sollen.«

»Stimmt schon«, brummte Mitch. »Fällt dir was Besseres ein?«

»Hmmm«, Angia überlegte lange. »Wir tauschen unser Schiff aus und machen uns aus dem Staub.«

»Und du glaubst, das funktioniert?«

»Nein«, gab Angia zu. »Aber bei meinem Plan werden wir irgendwann erwischt und umgebracht. Bei deinem gehen wir gleich drauf.«

Die beiden schwiegen eine angestrengte Weile. Mitch spürte regelrecht, wie sich Angia über ihre Situation den Kopf zerbrach. Die Luft um sie herum schien dabei auf unbeschreibliche Weise härter zu werden.

»Ich bin all unsere Optionen durchgegangen«, verkündete sie letztendlich. »Fliehen können wir nicht. Wir können unmöglich allen Rekurianern entkommen. Wir könnten den Hack benutzen.«

»Den kann ich nicht wirklich einschätzen, ich hab ihn bisher immer nur auf geschlossene Systeme angewendet. Was ist, wenn ich aus Versehen die komplette Raumstation abschalte? Ohne den Schild würden tausende ... was passiert eigentlich, wenn der Sauerstoffschild um die Station zusammenbricht?«

Angia verschränkte die Arme vor der Brust. »Ich vermute, die Luft würde verpuffen und hunderte tiefgefrorene Leichen würden ins All trudeln. Aber darauf will ich gar nicht hinaus.«

»So? Auf was denn dann?«

»Die Beneri wollten diesen Wissenschaftler doch lebend haben. Weißt schon, den Kerl, den wir versehentlich erschossen haben?«

»Seitdem ist einiges passiert, aber ich kann mich erinnern.«

»Bestimmt ging es ihnen vor allem um den Hack, auch wenn der Typ, der die Software programmiert hat, hilfreich wäre. Wenn wir den Beneri sagen, dass wir den Hack haben und ...«

»Sie würden ihn niemals gegen eine Beneriprinzessin austauschen«, entgegnete Mitch ungläubig.

»Würdest du mich bitte ausreden lassen!«, fauchte sie und fuhr fort: »Wir sagen ganz offen, dass wir ihn haben und eine Belohnung dafür wollen. Vielleicht werden wir dann reingelassen. So kommen wir in den Palast und haben das Schwerste schon geschafft.«

»Das Schwerste ist, dort wieder rauszukommen«, verbesserte Mitch. »Dafür werden wir eine Ablenkung brauchen.«

Angia grinste. »Dafür benutzen wir Hank. Ich schau mir jetzt schon geraume Zeit die Pläne an. Die Quartiere für die hohen Herrschaften befinden sich ganz am anderen Ende des Palastes und weit weg vom Zellenblock. Der Zellenblock liegt aber nahe an der Sicherheitszentrale. Wenn wir dort hingelangen, Hank einen Weg in den Palast öffnen, er reinkommt und wie ein Wahnsinniger auf alles schieß, werden sich die Beneri nicht mehr für uns interessieren.«

»Dann spazieren wir raus und Hank sind wir auch los.«

»Jep«, Angia lächelte zufrieden.

»Ein schöner Plan«, stimmte Mitch zu. »Nur wann hat einer unserer Pläne schon so funktioniert, wie wir es vorhatten?«

Angia sah ihn zerknirscht an. »Noch nie.«

16

In der dritten Pilotenbar fanden sie Hank, er saß an der Theke und unterhielt sich mit einer Quami.

»Ist auf dieser Station Prostitution nicht verboten?«, fragte Angia leise. Über die hämmernde Musik aus den Boxen drangen ihre Worte kaum zu Mitch hinüber. Sie schoben sich durch die Gäste aus unterschiedlichsten Spezies, die sich um Rundtische drängten und Flüssigkeiten in allen Farben tranken.

»Ich glaube, in dieser Absteige ist Prostitution das geringste Problem«, entgegnete Mitch.

Um Hank hatte sich eine Lücke im Gedränge gebildet. Zunächst fürchtete Mitch, es könnte vielleicht an seinem Gestank liegen, doch er roch nichts Auffälliges. Der andere Grund konnte natürlich Hanks freundliches Wesen sein. Er neigte dazu, jeden, der ihm zu nahe kam, zu bedrohen.

Hank schien ganz in das Gespräch vertieft. Oder vielmehr in seine eigene Geschichte. Denn die Quami hörte ihm mit großen Augen und leicht geöffnetem Mund zu. Ihr Kinn ruhte dabei auf ihre Handgelenke gestützt. Es konnte einen Mann beeindrucken, so angehimmelt zu werden. Gerade wenn es sich um so einen durchtriebenen Mistkerl wie Hank handelte. Auch er wollte in seinem tiefsten Inneren Aufmerksamkeit und Anerkennung. Damit köderten die Quami jeden ihrer Kunden. Eigentlich eine simple Masche, denn im hektischen Leben einer Raumstation achtete keiner auf jemand anderen, deshalb war ihr Geschäft so erfolgreich. Diese Quami allerdings hatte sicher nicht vor, mit Hank zu schlafen. Während sie völlig entspannt wirkte und ihm immer wieder Blicke in ihren üppigen Ausschnitt gewährte, fummelte ihr langer und flexibler Schwanz die Plasmapistole aus der Halterung an Hanks Gürtel. Der Diebstahl wurde von nicht wenigen Gästen aus den Augenwinkeln beobachtet. Doch scheinbar hatte sich Hank derart unbeliebt gemacht, dass alle der Quami die Daumen hielten. Oder was sie auch immer drückten, um jemandem Glück zu wünschen.

Selbst Mitch war neugierig, ob sie mit ihrem Diebstahl davonkam. Wenn Hank allerdings bemerkte, was sie tat, würde er ihr sämtliche Knochen brechen. Sein Jähzorn war überall bekannt. Deshalb konnte er Angia nicht einmal böse sein, als sie den Schwanz der Quami so fest packte, dass diese laut aufschrie. Vor schmerzerfülltem Schrecken kippte die Diebin ihr grün waberndes Getränk über die Theke.

»Schieb ab Kleines«, fauchte Angia und schubste sie beiseite.

Die Quami sah sie empört an. Ihr Versuch, Augenkontakt herzustellen, verlor sich an Angias Kybernetik. Und als die Quami darüber hinaus bemerkte, welche Spezies ihr da gegenüberstand, nahm sie fluchtartig Reißaus.

»Hey!«, brüllte Hank auf, als die vermeintliche Prostituierte davonstürmte. Er fuhr zu Angia herum und griff gleichzeitig nach seiner Plasmapistole. Sein Zorn verlor sich für einen Augenblick, als er die offene Sicherung am Holster bemerkte.

»Was willst du wirklich?«, nutzte Angia seine Verblüffung. »Eine Frau, die dir die Hosen auszieht oder eine unfassbare Menge Credits?«

»Angia!« Ein schmieriges Grinsen breitete sich über Hanks Gesicht aus. »Also wollt ihr mir doch helfen?« Er sah Mitch fragend an, als dieser neben ihn an den

Tresen trat.

»Jep«, entgegnete er und bestellte bei dem Barkeeper einen Ciawatt. »Tut mir leid, es hat etwas gedauert, Angia zu überzeugen.«

»Ich mag dich nicht und trau dir nicht«, sagte sie und stellte sich auf Hanks andere Seite. Jede Schmeichelei aus ihrem Mund würde unglaubwürdig klingen. »Aber die Credits ... Was soll ich sagen, bin halt auch nur ein Kopfgeldjäger.«

Das war nach Mitchs Meinung schon fast zu dick aufgetragen, aber ein Argument, das Hank verstand. Sie hatten sich darauf geeinigt, Hank nur so viel zu verraten, wie unbedingt notwendig.

»Vernünftig, für diese Masse an Credits würde ich die Basis auch sprengen«, grinste Hank. »Nur leider wollen sie eine DNA-Probe vom Ziel, und es ist fast unmöglich, eine zu finden, wenn der ganze Schrott durchs All schwebt.«

»Du hast so viel Feuerkraft?«, fragte Mitch erschrocken.

»Bei allen Nebeln, nein«, lachte Hank und schlug Mitch freundschaftlich auf die Schulter. »Ich bin nur schon ein bisschen betrunken«, gab er unumwunden zu.

»Dann sollten wir vielleicht ein anderes Mal weiterreden«, knirschte Angia. Sie hasste Verlogenheit. Und die aufgesetzte Freundlichkeit eines Mannes, der vor Kurzem noch ihren Tod billigend in Kauf genommen hatte, brachte sie zur Weißglut. Für Mitch hingegen wirkte Hank mehr erleichtert. Hatte er vielleicht schon einen eigenen Plan, für den er nützliche Idioten brauchte? Liefen sie direkt in eine Falle?

»Nein schon gut, ich kann reden. Also wie gehen wir vor?«, fragte Hank und bestellte mit einem schiefen Grinsen noch einen Drink.

»Du hast also keinen Plan?«, erkundigte sich Angia,

sie legte einen enttäuschten Unterton in ihre Stimme.

»Nee«, gab er zu.

Mitch warf Angia einen fragenden Blick zu. Doch auch sie schien sich nicht sicher, ob der Kerl wirklich ehrlich zu ihnen war oder noch verschlagener, als sich die beiden vorstellen mochten.

»Ich wollte die Station sprengen, aber ... hab ich ja schon gesagt, das läuft nicht. Selbst wenn man vom Tod der Prinzessin hören würde, könnte ich nur schwer beweisen, dass ihr Tod auf mein Konto geht.«

»Wir hätten da einen Vorschlag«, bot Angia an und beugte sich zu Hank, um ihm den Plan ins Ohr zu flüstern. »Mitch und ich verschaffen uns mit einer List Zugang in den Palast, dann kämpfen wir uns bis zum Sicherheitsbereich durch, schalten die Verteidigungsmechanismen und Schilde des Palastes ab, dann kommst du und erledigst die Beneri«, fasste Angia zusammen.

Über die Musik und das Stimmengewirr in der Bar verstand Mitch kaum ein Wort von Angia. Aber sie hatten vorher abgesprochen, was sie Hank sagen würden.

»Das ist alles?«, fragte Hank verblüfft. »Klingt simpel. Ihr geht rein, sorgt für Ablenkung, ich komme nach und zerballer einfach alles. Könnte mir gefallen.«

Er leerte begeistert seinen Drink. »Also dann ... Moment, wie wollt ihr eigentlich reinkommen? Die Beneri empfangen doch keine Gäste, also zumindest keine Arberianer und Menschen.«

»Wir hatten letztens einen Auftrag«, erklärte Mitch. »Es ging um einen abtrünnigen Beneri, der eine Software gestohlen hat.«

»Und die habt ihr und bietet sie zum Kauf an?«

»Ja und nein.«

Hank sah Mitch fragend an und orderte beiläufig die

nächste Runde. »Was dann?«

»Die Software wurde zerstört.«

»Ah ihr sagt, dass ihr sie habt. Und dann lassen sie euch rein, zum ... verhandeln oder was?«

»Das hoffen wir«, stimmte Angia zu. »Sobald wir drin sind, schalten wir die Verteidigung ab.«

»Mit dem Plan kommt ihr nur durch die Tür, aber nicht weiter. Drinnen werden die euch nicht aus den Augen lassen, weil ...«

»Weil wir keine Beneri sind«, vollendete Mitch den Satz.

»Ganz genau. Der Plan ist jetzt schon für´n Arsch.«

»Drinnen ist der Palast schwächer bewacht«, beteuerte Angia, ohne es wirklich wissen zu können. »Wenn wir erst mal drin sind, finden wir einen Weg. Und du legst erst los, wenn wir die Verteidigung ausgeschaltet haben. Also kein Risiko für dich.«

»Hmm ... gefällt mir nicht«, brummte Hank. »Wir machen es anders. Angia und ich gehen rein und das Ballern übernimmt der Kleine.« Er stieß Mitch in die Rippen. »Auch wenn es mir um den Job leidtut.«

»Angia und ich arbeiten immer zusammen«, verhandelte Mitch. »Wir funktionieren als Team besser.«

»Ja genau und deshalb seid ihr ja auch so erfolgreich«, höhnte Hank. »Nein, wir machen es so. Angia und ich gehen rein und du tötest die Prinzessin von Außen. Bei einer Sache habt ihr Recht, wir kommen nicht mit Waffen durch die Tür. Deine Prothesen nehmen sie dir garantiert ab. Und ich wette, du kannst keinen Benerikampfpanzer außer Gefecht setzen. Selbst wenn, ohne deine Hände hast du keine Chance.«

In diesen Punkten musste Mitch ihm zustimmen. Aber er wollte es nicht zugeben.

»Hört mir mal zu. Ich kann das, ich kann einen Benerikampfpanzer aus der Nähe unschädlich machen und wenn gelingt, was wir vorhaben, brauchen wir auch keine DNA-Probe von der Prinzessin. Es wird sich in der ganzen Galaxie rumsprechen, wie sie umgekommen ist. Weil sie uns beim eintreten in den Palast scannen, wird auch bekannt werden, wer es war. Danach hauen wir ab und lassen uns nie wieder bei den Beneri blicken. Wir machen es so oder gar nicht.«

»Also, ...« Angia sah Mitch an.

Er nickte widerwillig.

»Einverstanden«, stimmte sie zu. »Wir melden uns, wenn wir bereit sind.«

»Gut, mein Schiff liegt im Raumdock vierundachzig. Kommt dorthin, ich warte höchstens zwölf Stunden. Für die Feuerkraft sorge ich, die übrigen Details ... macht ihr unter euch aus.«

Mit einem Nicken verabschiedeten sie sich von Hank und verließen die Bar.

»Wir sind uns doch einig, dass das schief geht, oder?«, fragte Angia.

»Vielleicht auch nicht«, überlegte Mitch. »Wenn du mit ihm reingehst, kannst du ihn, wenn´s brenzlig wird, zurücklassen. Ich dagegen brauche nur ein paar Erschütterungsgranaten zur Ablenkung zünden und mich dann aus dem Staub machen. Ich kann das Schiff holen und ...«

»Wenn wir die Prinzessin rausholen, werden sie sofort jedes Ablegen von der Station verbieten«, hielt Angia dagegen. »Also entweder finden wir einen anderen Ort, um mit dem Schiff unbemerkt anzudocken, sodass wir entkommen können oder wir verstecken uns so lange auf der Station, bis Starts wieder freigegeben werden.«

Mitch nickte. »Wir haben die Pläne, vielleicht finden wir eine Möglichkeit.«

»Und noch was.« Angia hielt ihn an der Schulter fest.

»Hank darf die Sache nicht überleben. Wenn er überlebt, bringt er die Prinzessin um.«

Mitch nickte zustimmend.

Unter Kopfgeldjägern war sich jeder selbst der Nächste. Partnerschaften gab es im Grunde nie. Er und Angia waren da eine der wenigen Ausnahmen. Denn sobald es um Credits ging, endeten die meisten Freundschaften. Oft mit einem Plasmageschoss im Schädel. Mit Sicherheit schmiedete Hank auch schon Pläne, wie und wann er sie loswerden konnte. Sie hatten also gegenseitig den Finger an einem metaphorischen Abzug. Blieb nur die Frage, wer ihn zuerst durchdrückte.

17

Nachdem sie sich beraten, gegessen und Mitch etwas geschlafen hatte, machten sie sich auf den Weg zu Hanks Schiff. Es lag am anderen Ende der Raumdocks.

Schon von Weitem sahen sie das martialische Auglaraskampfschiff. Es starrte geradezu vor Waffen und wirkte dabei wie ein Schrapnell, unförmig, mit scharfen Dornen nach allen Seiten.

Mitch hatte so ein Schiff lange nicht mehr aus der Nähe gesehen. Die Auglaras gab es in diesem System nur selten und wenn, arbeiteten sie als Söldner.

Als er zurückdachte, fiel ihm ein, dass er so ein Schiff eigentlich nur einmal aus der Nähe gesehen hatte, und zwar als er zusammen mit Angia aus den Minen geflohen war.

Ein Tag, der sich wie ein Plasmageschoss in seinen Verstand gebrannt hatte.

Eine Erschütterung lief durch die unterirdische Stollenanlage, in der sie seit Monaten Erze abbauten. Doch anstatt abzuebben, wie es ein Beben nach einer kleinen Sprengung tat, schien die Explosion durch den Planeten zu wandern.

»Eine Kettenreaktion!«, rief Angia über das lauter werdende Getöse hinweg.

Mitch, der fast sein ganzes Leben in diesen Schächten zugebracht hatte, begriff nicht, was sie meinte. Aber die Furcht in ihrer Stimme verstand er. Wenn sich Angia, die mutigste Person in seinem Leben, fürchtete, dann musste etwas Bedrohliches vor sich gehen. Gerade als ihm das bewusst wurde, explodierte einer der Minenschächte. Die Druckwelle riss an Mitchs einfachem Hemd und schlug ihm Steinsplitter entgegen. Draußen gellten Sirenen auf.

»Du musst aus der Mine raus!«, rief Angia.

Donnernd brach ein weiterer Minenschacht ein, in dem die übrigen Arberianer gerade arbeiteten. Angia und Mitch befanden sich im Ruhebereich nahe dem Ausgang. Dort liefen alle Minenschächte zusammen. Von draußen leuchtete zu jeder Tageszeit grelles Licht herein.

Angia packte Mitch am Handgelenk, zog ihn auf die Beine und stürmte mit ihm zum Ausgang. Dort hielt sie jedoch abrupt inne und sah ihn mit ihren rotglühenden Augen an.

»Ich kann da nicht raus. Ich würde verbrennen. Aber du kannst dich retten! Lauf, such dir ein Schiff und versteck dich im Laderaum. Mit etwas Glück bemerken sie dich nicht.«

Über die letzten Jahre hatte Angia ihm viel vom Universum erzählt. Vor allem davon, wie man dort lebte. Von Schiffen, die sich zwischen den Planeten durch den luftleeren Raum bewegten. Von den unterschiedlichsten Spezies, eine grausamer als die andere.

Angia zurückzulassen widerstrebte ihm. Bei dem Gedanken empfand er drückende Furcht. Sie war seine Beschützerin, seine Lehrerin und sein ganzes Leben. Dort draußen erwartete ihn ein Universum, von dem er nichts verstand.

»Ich kann nicht ...«

»Verschwinde oder wir gehen beide drauf!«, fauchte sie. »Rette dich oder ich trinke dich leer.« Sie fletschte drohend die Zähne.

Ein Schauer überlief Mitch. »Du ...« Ein Dröhnen schnitt ihm die Worte ab.

Angia versetzte ihm einen Stoß und er stolperte in das grelle Licht. Fast fürchte er, ebenfalls davon verbrannt zu werden. Stattdessen gewöhnten sich seine Augen daran. Das künstliche Sonnenlicht stammte von einer simplen Beleuchtungsanlage, auf einer nahegelegenen Anhöhe. Alle Strahler waren auf den Höhleneingang gerichtet. Um den Mineneingang lag überall Grabungsausrüstung herum. Die Umgebung bestand aus brachliegendem Felsen. Im Moment war es Nacht und damit fast noch dunkler als in der beleuchteten Mine.

Mitch hastete über den schwankenden Boden den Hang zur Lichtanlage hinauf. Dort eröffnete sich ihm der Blick in ein Tal, gespickt mit hunderten Minenschächten. Jeder Einzelne wurde mit einer Lichtanlage beschienen. Auf einem Platz standen martialisch aussehende Raumschiffe. Eine Erinnerung flammte in Mitchs Bewusstsein auf. Diese Schiffe waren damals aus dem Himmel gekommen und hatten seine Welt überfallen. Seine Heimatstadt war zerstört und er gefangen genommen worden. Doch in seinen Erinnerungsfetzen vor der Zeit in den Minen war und blieb alles verworren.

Zwischen den Raumschiffen hetzten die Auglaras herum. Einige versuchten, ihren Besitz zu retten, andere wollten abfliegen. Manche kämpften miteinander. Es war ein heilloses Chaos.

Wenige Schiffe erhoben sich ins All und schossen mit aufleuchtendem Antrieb davon. Unweit seines Minenschachtes machte sich ein weiteres Schiff startklar. Ladeluken wurden geschlossen und die letzten Auglaras sprangen auf. Doch sie würden Mitch nicht mit an Bord lassen. Selbst wenn, wäre er nur wieder ihr Gefangener. Außerdem wollte er nicht ohne Angia gehen. Sie hatte von sich behauptet, eine Kämpferin und fähige Pilotin zu sein. Angia konnte sie beide retten.

Eine weitere Erschütterung lief durch den Untergrund. Mitch verlor fast das Gleichgewicht. Er hoffte, die Lichtanlage würde umfallen. Doch sie stand auf einem schweren Metallfuß, der sie aufrecht hielt. Die Scheinwerfer hingen an einer einzigen Metallstange. Dort lag der Schwachpunkt. Mit genug Hebelwirkung konnte er die Lichtanlage umwerfen. Dabei würden die Scheinwerfer zerbrechen. Mitch wollte nach der Halterung greifen, doch die Hitze der Scheinwerfer trieb ihm den Schweiß aus den Poren und drohte ihn zu verbrennen. Er sah sich nach einer Waffe oder einem anderen Hilfsmittel um. Vielleicht eine Metallstange, mit der er die Beleuchtungsanlage zerstören konnte. Er fand einen Plasmaschraubenschlüssel und schlug damit in einen Scheinwerfer. Doch er prallte nur wirkungslos von der Verglasung der Lampe ab. Allerdings geriet die Lichtanlage ins Schwanken. Im Untergrund machte sich ein leichtes Zittern bemerkbar, es wurde immer stärker. Fühlte sich so ein sterbender Planet an?

Mit dem Mut der Verzweiflung packte Mitch die Lichtanlage und zog an der Halterung. Sofort roch es nach verbranntem Fleisch. Ein Schmerz, wie er ihn nie gekannt hatte, brach durch seine Arme und schoss in seinen Kopf. Er meinte seinen Schädel bersten zu hören. Durch den Schleier aus Schmerz sah er, wie das künstliche Licht umkippte, seinen Händen entglitt und den Hang hinunterrollte. Die Scheinwerfer zerbarsten bei dem Absturz.

Der Schmerz in seinen Händen drohte Mitchs Verstand zu verschlingen. Er bemerkte nicht, wie seine Beine einknickten. Für einen Moment versank er in Schwärze. Gleich darauf erwachte er von heftigem Rütteln. Der Boden war in den Himmel gerückt und neben seinem Kopf schwangen verbrannte Fleischreste.

162

Etwas drückte sich in seinen Bauch und dann verstand Mitch: Er hing über Angias Schulter. Die Fleischreste waren seine Arme, ein Gedanke, bei dem sich Mitchs Magen umdrehte. Der Boden schien sich über ihm zu befinden, weil er kopfüber hing.

»Mitch!«, hörte er Angia wiederholt rufen. »Komm zu dir!«

Ein Keuchen löste sich aus seiner Kehle.

Sie zog ihn von ihrer Schulter, als wäre er noch immer ein kleines Kind und setzte ihn ab. Der Boden unter ihnen schwankte.

»Schau, dort!«

Er blinzelte die Tränen weg und sah etliche Tageslichtlampen, die auf eine große Kiste gerichtet waren. Erst auf den zweiten Blick erkannte er in der Metallbox ein Raumschiff. »Damit entkommen wir. Aber du musst mich lotsen.«

Er sah fragend zu ihr auf. Für einen Moment blieb sein Blick auf dem verloschenen Gefängnishalsband hängen. Offenbar war die Anlage ausgefallen, mit der ihre Fesseln aktiv gehalten wurden. Jeglicher Gedanke darüber verlor sich jedoch, als Mitch mit ansehen musste, wie sich Angia mit den Fingern ihrer linken Hand die Augen ausstach. Ihr Schrei riss Mitch aus der Starre. Vor einiger Zeit hatte Angia ihm erklärt, dass Arberianer starben, sobald direktes UV-Licht auf ihre Netzhäute traf. Angeblich verwandelten sich ihre Körper dabei in einen Feuersturm. Die Augen gegen Sonnenlicht abzuschirmen genügte nicht. Auch nur ein kleiner Fehler und man starb augenblicklich. Die einzige Möglichkeit diesem Tod zu entgegen bestand darin, sich das Augenlicht zu nehmen. Allerdings würden sie niemals blind aus der Mine entkommen können.

»Jetzt bring mich zum Schiff.« Angia krallte sich in Mitch Schulter.

Als er versuchte, sich hochzustemmen, verweigerten seine Hände den Dienst. Angia bemerkte es und zog ihn auf die Beine.

Sie fanden das Schiff verlassen, aber funktionstüchtig vor.

Ihre Flucht war holprig, aber sie gelang erstaunlicherweise. Mitch ersetzte Angias Augen und sie seine Hände. Das Raumschiff, mit dem sie entkamen, gehörte den Beneri. Nicht die erste Wahl eines Auglaras auf der Flucht. Deshalb war es verlassen gewesen und nur deshalb konnten sie sich damit retten.

Als Mitch die Erinnerung daran überkam, hielt er einen Moment inne und betrachtete lange Hanks Schiff.

Angia drehte sich zu ihm um. »Was ist ... oh, den Blick kenne ich. Ein kleiner Flashback?«

Mitch nickte.

Angia bedachte ihn mit einem aufbauenden Lächeln. »Ja, das war eine wilde Flucht«, sagte sie, als könnte sie seine Gedanken lesen. »Vergiss es nicht.«

Jeder andere hätte ihm geraten, nicht an diese Zeit zurückzudenken. Aber zu diesem Zeitpunkt war ihre Partnerschaft geboren worden. Die blinde Angia und der verstümmelte Mitch hatten nicht den Hauch einer Chance, von dem explodierenden Mond zu entkommen. Nur gemeinsam hatten sie es geschafft, das Beneriraumschiff zu steuern. Seither waren sie nahezu unzertrennlich und immer dann unschlagbar, wenn sie zusammen arbeiteten. Gerade deshalb behagte es Mitch nicht, sich bei diesem Auftrag zu trennen. Noch dazu, wenn plötzlich ein Kerl wie Hank zwischen ihnen stand.

»Gehts wieder?«, fragte Angia ernst. In ihrem langen Leben hatte sie schon viel Schlimmes erlebt, deshalb konnte sie leichter damit umgehen als Mitch. Er war zu diesem Zeitpunkt etwa fünfzehn Menschenjahre alt gewesen. Daran, wie seine Eltern verschleppt worden waren, erinnerte er sich kaum. Aber die Todesangst mit verbrannten Armen von einem explodierenden Planeten zu flüchten, raubte ihm heute noch den Schlaf. Seltsamerweise konnte er sich nicht daran erinnern, in der Situation große Angst gehabt zu haben. Er war erst danach zusammengebrochen und in einem Traum aus Fieber und Schmerz versunken, durch den ihn die Auglaras verfolgten.

»Hab mich wieder im Griff«, beteuerte er und straffte die Schultern.

Angia nickte ihm noch einmal zu und gemeinsam betraten sie die Landeplattform. Zischend öffnete sich vor ihnen die Luke des Schiffes. Das genügte ihnen als Aufforderung, den Kampfjäger zu betreten. Vorsichtshalber hielt Mitch den Plasmaschlag in seinen Prothesen bereit. Zwar wären seine mechanischen Hände danach fast leer und er würde nur noch die Finger bewegen können, aber um einen Überraschungsangriff abzuwehren genügte es.

Entgegen dem martialischen Eindruck von Außen war das Auglarasschiff im Inneren scheinbar steril. Glatte Metallflächen und Lichter, mehr gab es nicht zu sehen. Nichts deutete auf einen Besitzer hin, der noch dazu darin wohnte. Das Kampfschiff war zwar so konzipiert, dass man es alleine steuern konnte, es bot aber Platz für etwa zwanzig Kämpfer und deren Rüstungen. So führte der Einstieg direkt an den Kojen der Besatzung vorbei. Im Moment waren diese verschlossen. Vermutlich benutzte Hank sie gar nicht oder nur als Lager. Gefangene machte er nicht. Auf die Kojen folgten rechts und links Steuerungseinheiten für die beiden großen Bordkanonen. Zwar konnten sie auch von einer KI gesteuert werden, doch es schadete nichts, wenn man dabei nachjustierte.

»Ich bin hier!«, rief Hank. Er klang ungeduldig.

Angia und Mitch fanden ihn im Taktikraum. Hier gab es nur einen Tisch mit Hologrammprojektor. Dort konnten Schlachtpläne projiziert werden, sei es auf dem flachen Bildschirm, der die Podestfläche bildete, oder als 3D-Projektion. Eine solche flackerte dort gerade auf Brusthöhe. Die Wände waren mit blankem Metall verkleidet. Sehr wahrscheinlich handelte es sich dabei um Verblendungen und dahinter befanden sich bestimmt allerhand Waffen. Hank stand in Kampfmontur neben der Projektion, die Hände vor der Brust verschränkt. Er starrte das Hologramm an, als versuchte er, es einzuschüchtern.

»Seit ich die Station zum ersten Mal angeflogen habe«, sagte der mürrische Kopfgeldjäger und hielt sich nicht mit Begrüßungen auf, »scanne ich sie. Meine Aufnahmen sind bestenfalls ungenügend, besonders dort.« Er zeigte auf den Palast.

Mitch und Angia traten neben ihn und tatsächlich war in den Aufnahmen die Raumstation zu erkennen. Der Palast im Zentrum war nur undeutlich zu sehen.

»Der Schutzschild um den Palast stört die Scanner«, erklärte Mitch.

»Schlauer Bursche«, knurrte Hank. »Ich kann jedenfalls nicht genau sagen, wo sich im Palast die hochherrschaftlichen Gemächer befinden.«

»Da können wir vielleicht helfen«, bot Mitch an. Er hatte mit Angia besprochen, dass sie ihm die Stationspläne zur Verfügung stellen wollten. Damit gaben sie zwar einen Trumpf aus der Hand, aber möglicherweise gewannen sie einen neuen.

»Tatsächlich?«, Hank sah ihn durchdringend an. »Und wie?«

»Mit einem vollständigen Plan dieser Raumstation«, entgegnete Mitch.

Hank zog die linke Augenbraue hoch. »Wirklich?«

»Ja wirklich«, giftete Angia. »Haben wir auf dem Schwarzmarkt besorgt.«

»Hab ich auch versucht, ich war aber nicht erfolgreich«, entgegnete er. Sein Misstrauen war deutlich an seinem Gesicht abzulesen.

»Vielleicht bist du nicht so überzeugend wie ich.« Angia leckte sich demonstrativ über ihre scharfen Eckzähne.

Ein kurzes Grinsen überlief Hanks Miene. »Ich kann ja mal einen Blick drauf werfen«, räumte er ein.

»Ich hab sie hier.« Mitch legte seine metallene Hand auf den Taktiktisch. »Bekomme ich Zugang?«

Dies war der entscheidende Punkt. Mitch brauchte die Verbindung zu Hanks Schiff nicht nur, um die Pläne zu überspielen, sonder auch um den Hack einzuspeisen. Damit gewannen sie einen enormen Vorteil. Wenn es funktionierte, konnten sie sein Schiff jederzeit ab- und anschalten, wie es ihnen beliebte.

Hank sah Mitch durchdringend an. Sein Misstrauen knisterte regelrecht. »Computer, eingeschränkte Freigabe auf den Taktiktisch«, befahl Hank dem Computersystem. Mitch öffnete das Display und überspielte die Pläne und den Hack gleich mit. Der eine Tastendruck mehr fiel gar nicht auf. Dennoch bestand das Risiko, dass Hanks Computersystem die gefährliche Software erkannte und Alarm schlug. Die wenigen Sekunden, in denen die Dateien transferiert wurden, kamen Mitch deshalb quälend lang vor. Wie zufällig legte Angia eine Hand auf die Plasmapistole an ihrem Gürtel. Nur falls sie sich gegen Hank verteidigen mussten. Mitch zuckte kaum merklich zusammen, als das Display an seinem Arm aufleuchtete. Grün. Die Dateien wurden also erfolgreich übertragen. Mitch nahm die Hand vom Tisch und löste damit scheinbar die Verbindung zum Bordcomputer, auch wenn ihm seine Prothese deutlich signalisierte, dass die Verbindung weiterhin bestand.

»Computer, Pläne öffnen!«, verlangte Hank. Sogleich baute sich vor ihnen ein komplexer 3D-Plan der Station auf. Der Kopfgeldjäger stieß einen beeindruckten Pfiff aus.

»Die Pläne sind allerdings schon etwas älter, wir können nicht mit Sicherheit sagen, ob sie noch korrekt sind«, spielte Mitch herunter. An einen aktuellen Bauplan der Station heranzukommen war im Grunde unmöglich, wenn man nicht einen Informanten im Palast hatte. Falls Hank etwas davon ahnte, würde ihm schnell klar werden, was hier nicht stimmte. Dass sie sich gegenseitig verraten würden, wussten alle, nur nicht wie und wann. Wer das genaue Ausmaß des Verrats kannte, hätte einen Vorteil gegenüber den anderen.

Hank drehte die Pläne einige Male herum und vergrößerte dann den Palast. »Sieht noch ziemlich aktuell aus und selbst wenn das Ding hundert Sternenjahre alt wäre ... Wenn man einmal eine Station fertig gebaut hat, verändert man daran kaum was. Man schraubt vielleicht etwas an den Details.«

»Oder zieht innerhalb eines Gebäudes um«, fügte Mitch an die Überlegung mit an.

Angia und Hank sahen ihn an.

»Na wenn wir die Prinzessin töten wollen, dann müssen wir doch ihre Räume finden.«

Hank nickte wissend.

»Computer, zeig mir die Räumlichkeiten der Herrscherfamilie. Ich glaubs ja nicht«, staunte Hank. Tatsächlich leuchteten auf seinen Befehl hin Teile des Palastes auf. »Ich würde wirklich gerne wissen, wo ihr diese Dateien her habt. Nur wenige Pläne reagieren auf Spracheingaben.«

»Man soll sein Glück nicht infrage stellen«,

entgegnete Angia gleichmütig und lenkte die Aufmerksamkeit wieder auf den Plan. »Das dort sieht mir wie ein Garten aus. Er grenzt an die Gemächer der Monarchenfamilie.« Sie wies auf eine Stelle des Plans.

»Ja und auf was willst du hinaus?«, fragte Hank.

»Wir wollen doch in den Palast, um die Sicherheitsanlage abzuschalten«, erinnerte Mitch. »Damit der Palast von außen angreifbar wird.«

»Ich erinnere mich«, entgegnete Hank, auch wenn er aussah, als würde es ihm schwerfallen. Gestern hatte er wohl doch etwas über den Durst getrunken.

»Wenn das gelingt«, führte Mitch weiter aus, »könnte ich mit einer schweren Waffe auf diesem Gebäude Stellung beziehen und auf den Palast schießen, über die Gartenanlage hinweg, direkt in die Gemächer.«

»Ich bewundere deine grausame Entschlossenheit.« Hank schien beeindruckt zu sein. »Dabei werden Hunderte sterben.« Ein Gedanke, der ihn sichtlich Freude bereitete.

»J- Ja«, stimmte Mitch zu. »Dabei gibt es nur ein Problem, wir haben nicht die Feuerkraft für so einen Anschlag.« Natürlich hatten Mitch und Angia nicht vor, den Palast in Stücke zu schießen. Ihr Plan war, ein paar Erschütterungsgranaten an der Palastmauer zu zünden. Die sollten ausreichen, um die Aufmerksamkeit der Wache auf sich zu ziehen. Wichtig war nur, dass Mitch nach der Zündung schnell vor dort wegkam und die Kiste zum Abflug bereit machte, damit sie entkommen konnten.

»Kein Problem, ich hab da das passende Werkzeug.« Hank grinste, ging an eine Wand und wischte mit der Hand darüber. Mit einem Schlüsselimplantat in seinem Handgelenk deaktivierte Hank die Sperrvorrichtung. Die Wandverblendung glitt herab und dahinter kam eine monströse Waffe zum Vorschein. Auf den ersten Blick wirkte sie wie ein quaderförmiger Kasten, der vom Boden bis auf Mitchs Brusthöhe reichte, mit einem Durchmesser von einem halben Unterarm. Jegliche Kennung fehlte. Aber Mitch war sich sicher, dass diese Waffe einmal eine besessen hatte, und zwar eine Militärkennung der Augalaras.

»Ein Auglarasplasmawerfer vom Typ zehn«, erkannte Angia sofort.

»Zehn Punkt eins«, verbesserte Hank. »Beeindruckend, nicht wahr?«

»Ich dachte, die Dinger sind verboten«, fragte Mitch ehrlich eingeschüchtert. »Wie hast du das Ding durch den Scan bei der Landung bekommen?«

»Man soll sein Glück nicht infrage stellen.« Hank grinste selbstgefällig. »Auf dem Scan meines Schiffes haben sie nur Weltraumschrott gesehen, den ich transportiere, um ihn zu verkaufen.« Ganz konnte Hank das Prahlen doch nicht sein lassen. »Dank eines Umbaus hat das hübsche Ding einen integrierten Energiekern. Damit kann man zweimal feuern, bis ihm der Saft ausgeht. Leider büßt das Baby ohne einen externen Energiekern etwas Feuerkraft ein. Für unser Vorhaben sollte es aber reichen. Selbst wenn du den Palast damit kaum zerstörst, in der entstehenden Hitze werden die Beneri zerkocht. Ich hab mich schon gefragt, was wohl passieren würde, wenn man mit dem Ding auf die Palastschilde schießt.«

»Ich dachte, die Dinger gibt es nur ...«

»Nur auf den Großkampfschiffen der Auglaras«, stimmte Hank zu. »Selbst der Energiekern von meinem Schiff ist zu schwach dafür. Gut, für vier Schüsse würde es reichen, aber danach müsste ich aussteigen und schieben.«

Mitch war ehrlich eingeschüchtert. Ein Treffer von dieser Waffe und ihre Kiste wäre ein verglühender

Metallhaufen. Allerdings benötigte so ein Plasmawerfer eine unfassbare Energiemenge. Auf kleinen Schiffen, wie dem von Hank, konnten sie deshalb nicht effektiv eingesetzt werden. Schon nach zwei Schüssen hätte man kaum noch Energie, um sich lange im Hyperraum zu halten. Wenn man wirklich energieeffizient kämpfen wollte, durfte man die Kanone genau einmal abfeuern. Und in einer Raumschlacht verfehlte man schon mal sein Ziel oder stand einem so mächtigen Gegner gegenüber, dass selbst zwanzig Schuss nicht ausreichten.

»Die Schilde um den Palast entsprechen denen eines Großkampfschiffes, sie würden den Angriff kaum bemerken«, wandte Angia ein. »Deshalb müssen wir erst die Schilde abschalten.«

»Schon klar«, brummte Hank, seine Stimmung schien über die Geringschätzung der Waffe getrübt.

»Wie bring ich das Ding denn durch die Station?«, fragte Mitch. Selbst wenn er nicht vorhatte, die Waffe auch nur einen Sec weit zu tragen, musste er doch so tun, als würde er mitspielen.

»Getarnt als Schrott«, erklärte Hank. »Ich schalte die Waffe für deine Prothesen frei, dann kannst du sie steuern. Einen Handabzug hatte das Ding nie.«

»Gut, das Teil sollte für unser Vorhaben ausreichen«, stimmte Angia zu.

»Ich geh davon aus.« Hank schloss die Wand wieder. »Computer, berechne den Einschlag von zwei Plasmageschossen eines auglarianischen Plasmawerfers vom Typ zehn Punkt eins in den Palast, bei fünfzig Prozent Feuerkraft. Hier und hier.« Er wies in die Animation. Tatsächlich gab das 3D-Modell diese Simulation her. Die Palastfront stürzte ein und ein Drittel des Palastes glomm rot auf.

»Sehr schön«, urteilte Angia.

»Du triffst von dort aus«, Hank wies auf ein

Gebäude gegenüber des Palastes. »Du musst allerdings schnell schießen, die Wachen werden deine Position praktisch sofort erfassen.«

»Also gut.« Insgeheim rechnete Mitch damit, dass sich die Waffe beim zweiten Schuss selbst zerstörte. Hanks Plan, ihn loszuwerden. Allerdings hatte Mitch nicht vor, auch nur einen Schuss mit dem Teil abzugeben. Die einzige Schwierigkeit, die er für sich selbst sah, war, wie er die Waffe schnell loswurde, damit er zum eigentlichen Plan schreiten konnte.

»Und wir müssen in den Palast«, überlegte Angia. »Unsere beste Möglichkeit ist der Haupteingang.« Sie wies auf das Hologramm. »Wenn ich den Stationsplan richtig verstehe, sind die Schilde für den Palast in der Sicherheitszentrale nahe des Zellentrakts. Genau hier. Wenn wir dort hineinkommen, dann ist es vermutlich sehr leicht, den Schild abzuschalten. Die rechnen bestimmt nicht damit, dass jemand zu Fuß in den Palast einbricht. Für uns heißt das, drinnen wird es ... einfacher.«

»Wie viele Bewaffnete im Palast sind, wisst ihr nicht zufällig?«, Hanks Stimme schwang zwischen Hoffnung und Hohn.

Angia schüttelte angestrengt den Kopf. »Das wird knifflig.«

»Wie wichtig ist die Software, die ihr eigentlich gar nicht habt?«, fragte Hank. Er wollte wohl wissen, mit wem sie darum verhandeln würden.

»Ungeheuer wichtig«, sagte Mitch, ohne nachzudenken.

»Vermuten wir«, relativierte Angia. »So genau wissen wir es nicht. Auf den Kerl war ein Kopfgeld von fünfundsiebzigtausend Credits ausgesetzt.«

»Das sagt im Grunde gar nichts«, überlegte Hank tonlos. Manchmal konnte man vom Kopfgeld auf die

Wichtigkeit des Ziels schließen. Fünfundsiebzigtausend war jedoch ein durchschnittliches Kopfgeld. »Wenn wir bei den Verhandlungen um die Software einen ihrer Anführer an den Tisch bekommen und als Geisel nehmen, dann hätten wir ein Druckmittel, um zur Schildkontrolle vorgelassen zu werden.«

Langsam entfaltete sich vor Mitch ihr Plan und dieser troff vor Blut. Interstellaren Gangstern das Handwerk zu legen oder ihnen den Kopf wegzuschießen, war das Eine, aber ein Blutbad unter Unschuldigen anzurichten ...

»Ich fürchte, wenn wir drin sind, können wir nur improvisieren«, überlegte Angia. »Allerdings würde ich versuchen, möglichst unauffällig vorzugehen. Wenn wir als gleichwertige Bedrohung angesehen werden wie Mitchs Angriff, dann ...«

»Wenn die Königsfamilie verglüht, werden sie mich als größere Bedrohung wahrnehmen«, unterbrach Mitch. Fast hätte Angia verraten, dass sein Angriff eigentlich nur der Ablenkung diente. Denn es war möglich, dass die Palastwachen sein Ablenkungsmanöver mit den Erschütterungsgranaten durchschauten. In dem Fall würde sich die Aufmerksamkeit aller Wachen auf Hank und Angia richten. Schnell fuhr er fort, bevor Hank misstrauisch werden konnte. »Die wichtige Frage ist: Wie kommen wir da raus? Beziehungsweise von der Station weg?«

»Du gibst die Schüsse ab und verschwindest«, wies ihn Hank an.

»Aber wohin? Sie werden jeden Abflug verhindern, wenn man einen Anschlag auf die Herrscherfamilie verübt.«

»Dafür hab ich schon gesorgt.« Hank setzte ein selbstgefälliges Lächeln auf. »Wir sind nicht umsonst bei dieser Landeplattform. Wenn meine Informationen stimmen, befindet sich die Flugkontrolle in dem kleinen Gebäude direkt neben meinem Schiff. Ich musste die Station sechsmal anfliegen, um diese Plattform zu bekommen.«

Er drehte das Hologramm, bis sie es sehen konnten. »Wenn wir dieses Gebäude zerstören, fallen für ein paar Minuten die Abfangsysteme aus. Mit einer gültigen Schildfrequenz kommen wir durch die Schilde. Die frage ich noch rechtzeitig ab. In dem Durcheinander werden sie die nicht so schnell ändern. Wir starten also und zerballern die Abflugkontrolle. Dann bleiben uns wenige Minuten, um zu entkommen.«

Mitch und Angia sahen sich an. Noch mehr Blut auf ihrem Weg.

»Klingt gut«, entgegnete Angia tonlos.

Hank interessierte sich im Moment nicht für die beiden, sondern glich seine Informationen mit dem Stationsplan ab. Tatsächlich verlief die Abflugsicherung durch besagtes Gebäude.

»Wenn wir den Palast betreten, können wir unsere Gesichter nicht tarnen und keine Waffen mitnehmen. Wir würden sofort auffliegen, sobald wir durch das Tor spazieren«, wies Angia auf eine letzte Schwierigkeit hin.

»Ja, sie werden unsere Gesichter sehen«, stimmte Hank zu. »Allerdings hab ich keine Ambitionen nach unserem Einsatz noch einmal in den Benerisektor zu kommen. Mit ´ner Million Credits mache ich mir ein verdammt schönes Leben bei den Rekurianern. Die werden uns wie verdammte Helden verehren. Macht euch da mal keine Sorgen, wir werden im Universum schon ein Plätzchen finden.« Er grinste sie breit an.

»Also gut. Dann machen wir es so.« Mitch versuchte sich an einem Lächeln, auch wenn er sich dazu regelrecht zwingen musste.

»Wir treffen uns in fünf Stunden bei deinem Schiff«,

schlug Angia vor.

»Wieso Zeit verschwenden? Lasst uns gleich anfangen! Ich habe alles hier, was wir an Bewaffnung und Tarnung brauchen. Ich lasse den Bordcomputer auch schon mal den Kurs zu den Rekurianern berechnen, die Schildcodes habe ich auch gleich. Wenn meine Beobachtungen richtig sind, sind sie für acht Stunden aktiv, das sollte reichen.«

Mitch sah sich hilfesuchend zu Angia um. Fiel ihr ein Grund ein, warum sie nicht gleich starten konnten?

Doch sie zuckte nur mit den Schultern. Es konnte Ratlosigkeit oder auch Gleichgültigkeit sein.

»Dann beginnen wir jetzt«, gab Mitch widerwillig nach.

Natürlich wusste jeder im Raum, dass es in zweiter Linie darum ging, die andere Partei zu betrügen. Und Hank hatte sich gerade einen Vorteil verschafft, weil Mitch und Angia den Plan nicht noch unter vier Augen besprechen und einen Zeitpunkt bestimmen konnten, an dem sie Hank am besten über die Plasmaklinge springen ließen.

18

Eines musste Mitch Hank lassen, er war vortrefflich ausgerüstet. Er hatte von dem Kopfgeldjäger sogar einen Kampfanzug erhalten, den er jetzt unter der zerlumpten Kleidung eines Schrottsammlers trug. Die monströse Waffe fiel in dem Sack über seiner Schulter, zusammen mit anderen Metallstücken, kaum auf. Einige Metallstangen hatten sie in den Lauf gesteckt. Auf diese Weise würde keiner die Waffe erkennen. Dennoch wäre Mitch sie am liebsten sofort losgeworden. Leider nahmen sie eine Weile denselben Weg über die Station. Deshalb war er dazu gezwungen, die Waffe mit sich zu schleppen. Mitch versuchte, gelangweilt auszusehen. Würden sie einem Benerisoldaten begegnen, der zufällig den Scanner auf ihn richtete, flog seine Tarnung sofort auf. Ansonsten war seine Verkleidung gar nicht schlecht. Schrottsammler waren vielen Leuten unangenehm. Sammelten sie doch Metalle, um sie für wenige Credits zu verkaufen. Deshalb bettelten sie jeden um etwas Schrott an. Nahezu alle würden ihm deswegen aus dem Weg gehen.

»Am besten gehst du da lang«, wies Hank Mitch an, als sie sich dem Ende des Raumhafens näherten.

Mitch nickte Angia noch einmal zu und verschwand dann in die Seitenstraße. Hier roch es nach Exkrementen. An den Hauswänden hockte der ein oder andere glücklose Raumpilot in schmutzige Decken eingehüllt. Elend gab es überall. Wenn ein Schiffskapitän seine Mannschaft nicht mehr bezahlen konnte und sie keine neue Anstellung fanden, blieb nur die Straße. Manche von den Glücklosen in der Gasse husteten Blut. Das Zeichen einer Strahlenvergiftung.

Mitch versuchte, sich das Elend nicht zu genau anzusehen. Er war selbst in Lumpen gekleidet. Nur stank seine Tarnung nicht und starrte auch nicht vor Dreck. Damit wirkte er in dieser Umgebung sehr auffällig, um nicht zu sagen verdächtig. Die Kleidung hatte er auch von Hank bekommen und dieser Kerl achtete wie kaum ein Kopfgeldjäger auf Sauberkeit. So viel war Mitch klar geworden, als er dessen Schiff betreten hatte. Woher dieser Sauberkeitswahn wohl kam?

Mitch rief sich zur Ordnung, als er über eine breite Querstraße ging. Der Stern, um den diese Raumstation kreiste, warf sein grelles Licht auf ihn hinunter. Für einen Moment wurde Mitch davon geblendet.

Mit schlurfenden Schritten näherte er sich der Gasse gegenüber. Noch über zwei Querstraßen und dann einmal rechts abbiegen, erinnerte er sich an den Stationsplan. Seine Prothesen steckten in dicken Handschuhen. Als Schrottsammler konnte er die künstlichen Arme nicht offen zeigen. Solche Technik konnte sich niemand leisten, der von der Hand in den Mund lebte. Irgendwo musste er die Waffe lassen, ohne dass von ihr Gefahr ausging.

»Hey Junge!«, rief jemand hinter ihm.

Mitch achtete nicht darauf, der Ruf galt sicher nicht ihm. Im nächsten Moment gab seine rechte Prothese einen Vibrationsalarm. Was hätte er dafür gegeben, einen kurzen Blick auf das Display werfen zu können. Hoffentlich war es nichts Ernstes. Auf einer belebten Station konnten seine Prothesen viele Signale auffangen. Die meisten bedeuteten keine Gefahr.

Hinter sich hörte er schwere Schritte.

»Hey, Junge!«, die Stimme klang dumpf und hohl, als

würde man durch einen Minenschacht rufen. Schon legte sich eine gewaltige, dreifingrige Pranke auf seine Schulter. Die Haut war grau und so verhornt, als bestünde sie aus Felsen. Sofort wusste Mitch, mit wem er es zu tun hatte: einem Urkarier. Sie waren unglaublich groß, unglaublich stark und mindestens im gleichen Verhältnis stur. Wenn der Urkarier etwas von Mitch wollte, würde er im wahrsten Sinne des Wortes nicht locker lassen. Jeder Versuch, sich loszureißen, wäre vergebens. Langsam drehte Mitch sich um und blickte in ein rundes Gesicht, das zwar wie ein menschlicher Glatzkopf wirkte, aber ebenfalls verhornt war. Beim Sprechen bröselte dem Urkarier etwas von seiner Haut aus den Mundwinkeln.

»Hey Junge, ich hab da was für dich.« Der hünenhafte Urkarier versuchte sich an einem Lächeln. Dabei entblößte er seine gewaltigen Malwerkzeuge.

»Ich ...« Mitch brauchte einem Moment, um zu begreifen, was der Urkarier meinte. »Ich hab schon genug Schrott, danke.«

»Ich hab da was für dich«, beharrter der Urkarier stur. Er ließ Mitch nicht los. Dabei sah der getarnte Kopfgeldjäger den dritten Arm des Urkariers, der ihm aus der rechten Schulter wuchs, er war deutlich kleiner. Eine Legende besagte, dass der Schöpfer der Urkarier ihnen zwei Arme für die Arbeit und einen dritten für die Wohltätigkeit gegeben hatte. Den zusätzlichen Arm sollten sie mindestens einmal am Tag benutzen. Scheinbar hatte der Urkarier Mitch für seine tägliche Wohltätigkeit auserkoren.

»Wirklich, ich hab einen ... Termin, mit einem Händler«, log Mitch. Ihm blieb keine Zeit, er musste auf Position sein, sobald der Schutzschild des Palastes fiel. Aber zunächst sollte er die Waffe loswerden und sie vorher möglichst unschädlich machen. Die Urkarier standen im Ruf, etwas einfältig zu sein, doch dieser Eindruck täuschte. Ihre Sprache klang nur deshalb primitiver, weil sie mehr in Bildern dachten. Diese Bilder hingegen waren oft sehr detailliert. So viel wusste Mitch. Außerdem setzten sie ein Gedankenbild auf Biegen und Brechen durch. Widerspruch verstanden sie nicht.

Am Ende einer Gasse sah Mitch das Aufblitzen einer Kampfrüstung im Sonnenlicht. War das eine Stationswache? Wenn diese sich in der Pflicht sah, den Streit der beiden zu schlichten, würde ihr sicher die Waffe in Mitch Schrottsack auffallen.

»Ich hab was für dich«, dröhnte der Urkarier mit Nachdruck.

»Okay, ja danke, du kannst es mir geben.« Mitch hielt die Hand auf.

»Komm.« Der Urkarier schien versessen darauf, ihm eine größere Schrottspende zukommen zu lassen, und zog ihn an der rechten Schulter mit sich. Selbst wenn Mitch gewollt hätte, wäre er dem Griff des Urkariers nicht entkommen.

»Ich bin aber schwächer als du, ich werde unter deinem Schrott zusammenbrechen«, bemühte sich Mitch um ein deutliches Bild. Hoffentlich sah der Urkarier dabei ein, wie wenig Sinn es ergab, Mitch noch weitere Metallteile aufzubürden.

»Da!« Der Urkarier wies auf ein großes Gebäude. Es sah wie eine Werkstatt aus, in der einzelne Raumschiffkomponenten repariert wurden. Bei Reparaturen fiel bestimmt einiges an Schrott an. Für einen Moment dachte Mitch daran, den Urkarier mit einem Plasmaimpuls aus seinen Prothesen anzugreifen. *Der Kerl meint es nur gut. Kein Grund, ihn umzubringen*, hielt er sich zurück.

Schicksalsergeben ließ Mitch sich durch eine Tür

neben einem Rolltor in die Werkstatt schieben. Im Inneren türmte sich tatsächlich eine beträchtliche Menge Metallteile auf. Nur leider war das nicht alles. Das schummrige Deckenlicht fiel auf drei vermummte Gestalten mit modernsten Plasmawaffen in den Händen, die alle auf Mitch gerichtet waren. Hinter ihm wurde geräuschvoll die Tür zugeschlagen.

»Das nehme ich.« Grob zog der Urkarier den Beutel von Mitchs Schulter. »Und du gibst uns die Metallhände, dann gehst du, frei.«

Das war also der Alarm seiner Prothesen gewesen. Diese Halunken hatten ihn gescannt und wussten genau, was Mitch mit sich herumschleppte.

Für einen Moment überschlug Mitch seine Möglichkeiten.

»Mach jetzt!«, rief der mittlere Dieb.

»Ich dachte Urkarier müssen großzügig sein«, sagte Mitch zu dem Hünen, der gerade die Plasmakanone vom Schrott befreite. Dessen Aufmerksamkeit schien ganz auf seinen Fund gerichtet.

»Du darfst leben, ist Großzügigkeit.«

Mitch hatte sich schon in brenzlicheren Situationen befunden, weshalb er völlig gelassen blieb. Angia sagte: »Nervosität bringt gar nichts, sterben musst du, egal ob du dabei vor Angst zitterst oder ruhig bleibst.«

»Ich kann die Prothesen nicht alleine ausziehen. Dabei brauche ich Hilfe.«

»Urka, hilf ihm«, verlangte ein Maskierter.

»Ich reiß ihm die Arme ab.« Der Urkarier schien sich richtig darauf zu freuen. Er kam auf Mitch zu.

»Ich hab hier einen Verschluss.« Mitch hob ihm den linken Arm entgegen und zeigte mit der anderen Hand auf seinen Ellenbogen. Dann löste er das Plasmageschoss aus. Es zerfetzte den Handschuh und fraß sich durch den Kopf des Urkariers. Der Hüne brach augenblicklich tot zusammen.

Noch bevor die Diebe verstanden, was geschehen war, schoss Mitch den Plasmaschlag seiner anderen Prothese auf den Mittleren, in dem er ihren Anführer vermutete. Sein Plasmageschoss ging über dessen Gewehr hinweg, schmolz die Hülle auf und schlug in den Körper des Mannes.

Die übrigen zwei Banditen rissen erschrocken die Augen auf, als Mitch mit beiden Händen auf sie anlegte. Das Energielevel seiner Prothesen war verschwindend gering. Es reichte nur noch aus, um sie zu bewegen, aber nicht für einen weiteren Plasmaimpuls.

»Ich hab heute meinen guten Tag«, verkündete Mitch, so ruhig es ihm möglich war. »Lasst die Waffen fallen und verschwindet, dann passiert euch nichts.«

Die beiden sahen sich fragend an.

»Eine falsche Bewegung und ...«

»Du hast keine Energie mehr, stimmts?«, fragte einer der Kerle mit gehässiger Überlegenheit in der Stimme. Siegessicher legte er mit seinem Gewehr auf Mitch an. Sein Kumpan tat es ihm gleich.

Im letzten Moment rettete sich Mitch vor den Plasmageschossen hinter den massigen Leib des toten Urkariers. Die Geschosse schlugen ins Rolltor ein und fraßen sich langsam durchs Metall.

»Wir hätten dich wirklich laufen lassen.« Der Dieb schien seine Überlegenheit auszukosten. »Aber du hast unseren Boss getötet, was mich zu seinem Nachfolger macht. Ich bin dir also sogar dankbar, nur hab ich mich an einen Codex zu halten. Der heißt: Killst du denn Boss, blas ich dir den Kopf weg.«

Mitch hörte die Schritte des Mannes, der langsam um den toten Urkarier herumging.

Ein markerschütternder Knall erklang, gefolgt vom Schmerzensschrei einer der Diebe. Obwohl Mitch seine

Gegner nicht sah, setzte er alles auf eine Karte, sprang aus der Deckung und stürzte sich auf den Angreifer. Dieser war von der Explosion abgelenkt und bemerkte Mitch erst, als dieser ihm die Metallfaust mit aller Macht gegen die Stirn rammte. Zischend lösten sich einige Plasmageschosse aus der Waffe des Mannes, als er mit zerschmettertem Schädel zu Boden ging. Auf alles gefasst fuhr Mitch herum und verstand sofort. Das Plasmagewehr, das er mit seinem zweiten Geschoss aus der Prothese gestreift hatte, war explodiert. Die Entladung hatte den anderen Banditen von den Beinen gerissen. Sein rechter Arm fehlte. Der übrige Körper war verbrannt und die Augen verkocht. Er wandt sich und schrie unter Schmerzen. Mitch nahm das Plasmagewehr des Verwundeten und schoss. Zu retten war er ohnehin nicht mehr, es sollte nicht länger leiden als notwendig.

Jetzt musste Mitch verschwinden. Zwar rechnete er nicht damit, dass jemand die Soldaten alarmierte, aber eine Plasmaexplosion musste auf den Stationssensoren aufgetaucht sein. Soldaten würden kommen und die Sache untersuchen.

Mitch stand schon bei der Tür, als diese donnernd aufflog.

»Hier ist die Stationswache, nehmen sie die Waffen runter und ergeben sie sich.«

Mitch ließ sich fallen und schrie.

19

Angia sah Mitch noch kurz nach.

»Der kommt schon klar«, beruhigte Hank. Sein Verständnis war nur gespielt. Angia roch seine Wut, die unter der aufgesetzten Freundlichkeit brodelte. »Und wenn nicht, dann schieß ich ihm den Kopf weg«, knurrte der Kopfgeldjäger.

Angia lächelte bitter, so kannte sie Hank. Aber er war ein Problem, das sie nach diesem Einsatz endgültig los waren. Sie musste nur den geeigneten Zeitpunkt abpassen.

Gemeinsam gingen sie über den Markt, der direkt auf den Raumhafen folgte. Der Platz bestand aus Metallhütten, in denen allerlei Waren angeboten wurden. Von Andenken bis hin zu kompletten Triebwerken. Waffen durften auf Beneristationen hingegen nur in lizenzierten Geschäften angeboten werden. Davon gab es gerade einmal zwei auf der gesamten Basis. Deshalb florierte der Schwarzmarkt, auf dem man alles bekam, was das tötungswillige Herz begehrte. Aus illegalen Waffen ergab sich dann noch ein ganz anderes Problem. Denn es war schlicht verboten, Mordwerkzeug offen zu tragen. Zwar konnte man eine Genehmigung dafür bekommen, doch die Beneri sahen das nicht besonders gern. Wegen ihrer mickrigen Plasmapistole wurde Angia im Grunde ständig kontrolliert. Deshalb hatte sie die Waffe auch in Hanks Schiff gelassen. Man würde ihr diese ohnehin abnehmen, wenn sie den Palast betraten.

»Du hast gesagt, du könntest einen Beneri mit

Kampfpanzer ausschalten, wie?«, plauderte Angia und betrachtete im Vorbeigehen die Auslage eines der wenigen Lebensmittelhändler. Er bot dicke Fleischbrocken an. Angia erkannte allein am Geruch über sieben verschiedene Spezies. Darunter auch Beneri. Klugerweise war das Fleisch in Teile geschnitten, die es ohne einen Gentest unmöglich machten, sie einer Spezies zuzuordnen. Denn sonst hätte der Händler Ärger bekommen.

»Ich hab EMP-Impulse in den Knöpfen.« Hanks Kleidung zierte tatsächlich auffällig große Knöpfe, die eigentlich gar nicht notwendig waren. Er trug das schwarze Gewand eines julganischer Händlers. Keine schlechte Wahl. Julganier waren dafür bekannt, Handel mit allem Möglichen zu treiben. Obwohl sich Hank von der Händlerspezies deutlich unterschied. Julganier waren groß, drahtig und hatten eine zylindrische Kopfform mit plattem Gesicht und ohne Nase. Sie atmeten geräuschlos durch ihren lippenlosen Mund. Dennoch war es nicht verkehrt, bei Verhandlungen die Assoziation eines Händlers zu wecken. Allemal besser, als wie ein blutrünstiger Kopfgeldjäger zu wirken.

»So was hab ich schon mal gesehen«, erinnerte sich Angia. »Die Dinger sind verdammt teuer und man kann sie nur einmal verwenden.«

»Mein Leben ist mir fünfzigtausend Credits durchaus wert.«

Solche EMP-Impulse kosteten für gewöhnlich zehntausend Credits. Entweder waren fünf von seinen zehn Knöpfen getarnte EMP-Impulse oder er hatte einen besonders guten Deal gemacht.

Vor ihnen kam der Palast in Sicht. Der Energieschild ließ den Prachtbau unscharf erscheinen. Angias bionische Augen lieferten ihr eine Analyse des Schilds. Dieser entsprach tatsächlich dem eines

Großkampfschiffes.

»Das Verhandeln überlässt du mir«, verlangte Angia.

»Wenn du dich dabei nicht zu dumm anstellst«, entgegnete Hank schroff.

Angia überging die Bemerkung. Seine Bösartigkeit würde es ihr nur leichter machen, ihn zurückzulassen.

Gemeinsam liefen sie über den Platz direkt auf das Haupttor zu. Vor dem Energieschild am Tor standen vier Soldaten. Vor allem, um Eindruck auf die Passanten zu machen. Das gelang ihnen ausgezeichnet, denn die Leute machten einen weiten Bogen um sie. Deshalb zogen Hank und Angia sofort die Aufmerksamkeit der Soldaten auf sich, als sie sich direkt auf die vier zubewegten. Die Kampfrüstungen der Soldaten wurden kaum merklich in Gang gesetzt. Man konnte die Panzer so einklinken, dass sie von alleine standen. Was aussah, als würden sich die Soldaten straffen, war in Wirklichkeit nur eine Aktivierung der Gelenke.

»Wir müssen zu eurem Monarchen«, sagte Angia unumwunden. Mitch wäre wohl diplomatischer vorgegangen, vielleicht hätte er auch erst einmal »Hallo« gesagt. Angia war etwas direkter.

Der vorderste Beneri musterte sie argwöhnisch durch das Visier seines Helmes. Seine Überraschung über ihre Dreistigkeit wandelte sich schnell in Amüsement. »Trifft sich ja gut. Nach der täglichen Parade habe ich gestern mit unserem geliebten Monarchen noch eine Partie Ham gespielt. Der Ehrwürdige hat sich dabei etwas überschätzt und ist mir in die Falle gegangen. Was soll ich sagen, in dem Spiel hat er sein Amt gesetzt und verloren. Deshalb bin ich jetzt der Monarch. Mit anderen Worten: Du stehst schon vor ihm. Ich mache nur noch Dienst am Tor, weil es ein zu großer Aufwand ist, die Dienstpläne umzuschreiben.«

Angia hätte am liebsten die Augen verdreht. »Sehr witzig«, erwiderte sie lakonisch. »Aber wir müssen ihn wirklich sprechen. Wir sind Kopfgeldjäger und sollten einen euer Wissenschaftler fangen. Er hieß Ben-Amud von Habach, oder so.«

Die Miene des Soldaten verhärtete sich schlagartig. »Man erzählt sich, er wäre tot, zerquetscht wie eine rekurianische Made, in tausend Teile gerissen und ...«

»Ist ja gut«, unterbrach Angia den Redefluss des Soldaten. »Ja, meinem Partner und mir«, sie wies auf Hank, »ist, als wir versucht haben, ihn festzusetzen, ein Missgeschick passiert.«

»Was wollt ihr dann noch? Ihr solltet ihn doch lebend ...«

»Ja«, fiel Angia ihm ins Wort, bevor er erneut in einen Redeschwall verfiel. »Wir haben aber seine Erfindung gefunden und würden sie gerne verkaufen. Gegen einen ... angemessen Betrag versteht sich.«

»Seine Erfindung?«

»Der Kerl war Wissenschaftler und hat an einer Software gearbeitet«, erklärte Angia. »Aber weil du keine Ahnung davon hast, will ich mit dem Monarchen darüber sprechen. Sag deinem Vorgesetzten einfach, dass wir die Software haben und sie gerne zurückgeben würden. Gegen eine Bezahlung von ...« Sie überlegte, bei einer Verhandlung war es wichtig, nicht zu hoch und nicht zu tief anzusetzen, unter Einbeziehung des Werts. Die Software erschien ihr kriegsentscheidend. »Einer Million Credits.«

Der Benerisoldat starrte sie fassungslos an.

»Gib einfach deinem Vorgesetzten Bescheid. Er wird wissen, wie gut mein Angebot ist.«

»Ja ... mal sehen.« Das Visier des Soldaten verdunkelte sich, sodass sein Gesicht dahinter verschwand. Durch das Visier drang dumpf seine

Stimme. Was er sagte, konnte Angia selbst mit ihrem sensiblen Gehör nicht verstehen. Jetzt hieß es warten. Sie spürte Hanks Blick, aber sie vermied es, sich nach ihrem Begleiter umzusehen. Stattdessen versuchte sie, so gelassen wie möglich zu wirken. Im Moment bestand noch keine Gefahr für sie. Wenn man sie abwies, dann hatten sie nichts verloren. Aber eben auch nichts gewonnen.

Die Zeit verstrich quälend langsam. Immer wieder wurde es still hinter dem Visier. Vermutlich ging die Meldung gerade durch etliche Hierarchieebenen. Je länger es dauerte, desto wahrscheinlicher war ihr Erfolg, auch wenn es ihre Geduld auf eine harte Probe stellte. Langsam machte sich Angia Sorgen, dass Hank womöglich in einem seiner berühmten Wutausbrüche explodieren würde. Nur fragte sich Angia mittlerweile, ob Hanks Image der Wahrheit entsprach. Er galt als jähzornig und unbeherrscht, nur waren das Eigenschaften eines unfähigen Kopfgeldjägers. Seine Gegner glauben zu lassen, man sei inkompetent, verschaffte einem auf der Jagd einen zusätzlichen Vorteil. Auf Angia machte er inzwischen den Eindruck eines kühlen und beherrschten Mannes, vor allem sobald es darauf ankam. Und jetzt kam es darauf an, Geduld zu haben. Sie hatten einen Köder ausgelegt und warteten darauf, dass ihr Gegenspieler anbiss.

Das Visier des Benerisoldaten klarte auf und seine weichen Gesichtszüge kamen zum Vorschein. Gleichzeitig ruckte sein Waffenarm nach oben.

»Ihr seid verhaftet!«

Die Mündungen von vier Plasmagewehren richteten sich auf Angia und Hank.

»Warum?!«, fragte die Arberianerin. Von dieser Reaktion wurde sie völlig überrumpelt.

»Mitkommen!«, der Beneri war auf einmal sehr kurz

angebunden.

»Das hat ja wunderbar geklappt«, höhnte Hank, als er die Hände hob und schicksalsergeben an ihr vorbeiging.

»Halt dich zurück«, zischte sie. Angia konnte nur hoffen, dass Hank ihre Verhaftung ebenfalls als eine Gelegenheit interpretierte, in den Palast zu gelangen. Wenn auch nicht wie geplant. Mit etwas Glück würde es sogar leichter für sie werden, wenn man sie gleich in Richtung des Zellenblocks brachte. Dann wären sie näher am Überwachungsraum und damit in Reichweite der Schildabschaltung. Darauf, diesen Raum zu erreichen, hatte ihr Plan abgezielt. Leider sah ihr Plan keine Plasmagewehre vor, die man ununterbrochen auf sie richtete.

20

Mitch hatte viel Zeit verloren, deshalb ging er mit langen Schritten durch den Raumhafen. Den Soldaten war er mit einer einfachen, aber demütigenden Finte entkommen. Menschen galten als eine geradezu schwächliche Spezies. Sein Trick war, dieses Vorurteil auszunutzen, indem er sich verzweifelt kreischend an ein Bein der Beneriwache klammerte und ihn in wirren Worten zu verstehen gab, dass er überfallen und verschleppt worden war. Mit diesem geradezu beschämenden Verhalten erweckte er bei den Beneri blendendes Mitgefühl. Kein Verbrecher, der noch einen Funken Ehre im Leib hatte, würde sich zu so einer Selbstdemütigung hinreißen lassen. Natürlich gehörte es zu dieser Finte, Rotz und Wasser zu heulen. Wegen seines überzeugendem Schauspiels stellte keiner seine Geschichte infrage. Um Mitch loszuwerden, hatten die Beneri ihm sogar Gewalt angedroht. Erst dann hatte Mitch vom Bein des Wachmanns abgelassen und war davongeschlichen.

Jetzt galt es, Distanz zum Ort des Verbrechens zu gewinnen und zu hoffen, dass die Wache die überbordende Waffe, die sie zwangsläufig finden würden, nicht doch noch mit ihm in Verbindung brachte. Wenigstens war das Ding somit unschädlich gemacht worden und Mitch musste sich darüber keine Gedanken mehr machen. Über Umwege lief er zur Kiste zurück. Er wusste nicht, wie viel Zeit ihm blieb, dennoch wollte er nicht riskieren, verfolgt zu werden. Angia konnte Stunden brauchen oder auch in wenigen

Augenblicken den Palastschild abgeschaltet haben. Er musste bereit sein, egal wann. Als er die Kiste betrat, fiel ihm noch eine andere Schwierigkeit ein. Wie wollten sie die Station wieder verlassen? Hanks Plan würde für sie nicht funktionieren. Wenn alles gut ging, wäre der Kopfgeldjäger schon tot, sobald Angia zusammen mit der Prinzessin aus dem Palast flüchtete. Deswegen würde Hank auch nicht die Abflugkontrolle zerstören, es sei denn ...

Mitch betrat die Kiste und packte die Tasche mit den Erschütterungsgranaten. Angia und er hatten nicht die Absicht, großen Schaden auf der Station anzurichten. Diese Granaten knallten nur laut und ließen den Boden etwas zittern, wenn man sie richtig einsetzte. Es gab allerdings noch eine gefährlichere Möglichkeit, die Erschütterungsgranaten zu benutzen. Man musste sie auf die richtige Weise verbinden, dann erzeugte man eine zerstörerische Druckwelle. Mitch hatte das zufällig herausgefunden. Von der Druckwelle erfasst, hatte er sich damals drei Rippen und den Oberschenkel gebrochen.

Um von der Beneristation zu entkommen, mussten sie die Abflugsicherung zumindest für einen Moment außer Gefecht setzen. Der einfachste Weg war, die Abflugkontrolle zu zerstören. Mitch dachte eine angestrengte Weile nach. Er konnte mit dem Hack Hanks Schiff nur ab und anschalten, aber auf die Steuerkonsole hatte er keinen Zugriff. Sonst hätte er die Kanonen auf die Abflugkontrolle ausrichten, abfeuern und noch bevor sich der Plasmastrahl aus den Kanonen löste, das Schiff abschalten können. Wenn er es dann wieder anschaltete, würden die Waffen losgehen und die Abflugkontrolle zerstören. Leider würde es auf diese Weise nicht funktionieren.

Aber wenn ich ... Mitch grinste breit. Er schulterte die

Tasche mit den Erschütterungsgranaten und verließ die Kiste.

Er spurtete fast schon über den Raumhafen zu Hanks Schiff. Auf dem Weg dorthin sah er auffällig viele Gardisten durch die Straßen patrouillieren. Ob sie etwas Bestimmtes suchten?

Mitch fehlte jedoch die Zeit, sich unauffällig danach zu erkundigen. Er beschloss stattdessen, den Soldaten aus dem Weg zu gehen. Bei Hanks Schiff angekommen, öffnete er über seine Prothesen den Funkkanal. Zweifel meldeten sich, als er die Abschaltung bestätigte. Mitch staunte, als das leise Knistern des Schildes um das Kampfschiff erstarb. Damit wurden auch die Sicherheitseinstellungen inaktiv. Noch immer wollte Mitch kaum glauben, wie mächtig dieser Hack war. Nur war jetzt nicht der richtige Zeitpunkt für weitschweifende Überlegungen.

Mit den verbauten Sensoren in seinen Prothesen fand er den manuellen Öffnungsmechanismus. Er war unter einer dicken Metallplatte versteckt, die Mitch ohne Schwierigkeiten abschraubte. Um die Landeplattform herrschte reger Betrieb. Beneri, Auglaras und andere Spezies gingen ihren Beschäftigungen nach. Keiner kümmerte sich darum, was Mitch tat. Niemand verdächtigte einen des Einbruchs, wenn man ihn in aller Öffentlichkeit beging. Mitch zog den Öffnungsmechanismus und die Ladeluke sank langsam herab. Ohne sich umzusehen, denn damit hätte sich Mitch verdächtig gemacht, betrat er das Schiff. Um im Dunkeln sehen zu können, setze er seinen Visor auf. In seinen Prothesen fand er einen Bauplan dieses Schiffes. Vor einigen Jahren hatte er einen ganzen Satz Baupläne für hunderte Schiffe gekauft und sie auf seine Prothesen geladen, sie waren schon oft sehr hilfreich gewesen. Vor allem um den Schwachpunkt eines Gegners herauszufinden.

Es ging schnell, aber für Mitchs Empfinden dauerte es zu lange, doch dann hatte er das Raumschiff zu einer Bombe umgebaut. Dazu war es nötig, die Hauptenergieleitung absichtlich falsch mit den Waffensystemen zu verbinden und mit drei seiner Erschütterungsgranaten zu koppeln. Sobald jemand das Schiff in Betrieb nahm, würde es explodieren und hoffentlich die Abflugkontrolle derart beschädigen, dass sie wenigstens für einige Minuten ausfiel. Ein gewagter Plan. Denn würden Angia und er scheitern und sie deshalb doch mit Hanks Schiff fliehen müssen, dann ... Mitch wollte nicht daran denken.

Beim Verlassen des Schiffs schloss er die Luke manuell, dabei fiel ihm eine Quami auf, die aufgeregt in seine Richtung zeigte. Eine hysterische Quami konnte er ignorieren, nicht aber die zwei Benerisoldaten neben ihr. Sie sahen zweifellos in Mitchs Richtung. Wenn sie sein Gesicht mit dem digitalen Pass von Hank abglichen, würde ihnen auffallen, dass er gerade unbefugt ein Schiff betreten hatte. Die restlichen Erschütterungsgranaten in seiner Umhängetasche konnten ebenfalls zum Problem werden. Vergeblich sah sich Mitch nach einer Fluchtmöglichkeit um. Natürlich konnte er sich zwischen die Lagerhallen flüchten, aber was dann? Hier wimmelte es von Benerisoldaten!

21

Um nicht noch mehr Aufsehen auf der übrigen Station zu erregen, wurden Hank und Angia direkt durch den Haupteingang des Palastes abgeführt. Der Hauptmann der Einheit ging voraus, gefolgt von zwei Soldaten, die auf halbem Weg zum Palastportal von fünf Gardisten abgelöst wurden. Sie alle schienen Funkkontakt zu halten. Ihre Helme schirmten die Gespräche nach außen ab, deshalb konnte Angia unmöglich einschätzen, wie ernst ihre Lage war.

Zum Flügeltor des Palastes führte eine halbrunde Treppe hinauf, auch dort oben standen Gardisten. Beneri galten als nicht besonders aggressiv. Dennoch durften sie keine Schwäche zeigen. Am einfachsten demonstrierten sie Stärke, indem sie ihre empfindlichen Körper in gewaltige Kampfrüstungen steckten. Angia bezweifelte jedoch, dass sie eine genauso harte Ausbildung absolvierten wie die Rekurianer. Beneri verließen sich auf die Überlegenheit ihrer Kampfrüstungen und in dieser Situation taten sie recht daran.

In einem Abschnitt ihrer bionischen Augen hatte Angia einen Plan des Palastes geöffnet. Wie sie angenommen hatte, brachte man sie ohne Umwege in den Sicherheitstrakt. Ihnen stand im Moment auch nur dieser eine Weg offen, der übrige Palast wurde von Energieschilden abgeschirmt. Durch diese konnte Angia die detailverliebte Pracht des Bauwerks kaum erkennen. Allein in die Empfangshalle hätte ihre Kiste acht Mal gepasst. Überall gab es Treppen, die verschlungen auf die Empore führten. Keine der erkennbaren Formen besaß harte Kanten. Die anatomische Weichheit der Beneri hatte sich auch auf den Baustil niedergeschlagen. An den Wänden und Decken waren Leuchtpaneele eingesetzt, die in unterschiedlichen Farben aufglimmen konnten, jetzt erschienen sie in einem weichen Gelb. Hinter dem Farbcode verbarg sich mit Sicherheit ein stilles Warnsignal, denn obwohl der Korridor aus Schilden nur eine Passage zuließ, befand sich außer ihren Bewachern kein anderer Beneri weder vor noch hinter den Schilden.

Hank sah sich scheinbar teilnahmslos um. Er verfügte über keine bionischen Implantate, die es ihm erlaubten, einen Plan des Palastes aufzurufen, deshalb musste er sich aus seinem Gedächtnis heraus orientieren.

»Ein Knopf«, zischte Angia zu Hank hinüber. »Gib mir einen bei der nächsten Gelegenheit.«

»Ruhe!«, fiel ihr einer der Beneriwachen ins Wort.

»Schon gut, ich wollte nur ...« Angia hob einen Ärmel, den sie mit ihren scharfen Fingernägeln eingeschnitten hatte. »Das flattert so und wenn ich dem Monarchen gegenübertrete, dann ...«

»Ihr werdet seine Hoheit nicht sehen«, hielt der Wachmann dagegen.

»Na gut, dann eines seiner Kinder.« Angia zuckte gleichmütig mit den Schultern. Allerdings zielte ihre offen ausgesprochene Vermutung auf etwas ganz anderes. Kaum ein Lebewesen, welcher Spezies auch immer, ertrug es, jemanden nicht auf seinen Irrtum hinzuweisen. Da machten die Beneri keine Ausnahme.

»Der Prinz ist auf diplomatischer Mission unterwegs, er wird euch nicht empfangen.«

»Na, dann wird eben eine Prinzessin die Verhandlungen führen«, schlussfolgerte Angia.

»Ha, die Prinzessin ist ...«

»Schweig endlich, Gardist!«, meldete sich der Hauptmann. »Du redest dich noch in die drückenste Schwerkraft.«

Hank lächelte Angia gehässig an. In seinen Augen musste ihr Plan, herauszufinden, wo sich die Prinzessin aufhielt, schief gegangen sein. Angia hingegen wusste, wenn ein Beneri nicht über seine Herrscher sprechen wollte, dann war etwas im Argen. Das bestätigte die Aussage des Rekurianertyrannen. Uur-Rekur-Kra hatte behauptet, Prinzessin Osetta sei inhaftiert worden. Scheinbar hatte sich daran nichts geändert.

Ihr Marsch endete in einem vergleichsweise kleinen Raum. Eindeutig ein Verhörzimmer mit nur einer einzigen Tür, die hörbar hinter Hank und Angia verriegelt wurde. Zwei Gardisten blieben bei ihnen. Der Hauptmann blieb mit den übrigen Gardisten vor der Tür zurück.

Hank spielte schon geraume Zeit am Knopf seines Hemdkragens herum. Er erweckte überzeugend den Eindruck, nervös zu sein.

»Kein Grund, Angst zu haben.« Angia hoffte, Hank würde ihre Botschaft verstehen, sich zurückzuhalten. Zwar konnte sie die zwei Gardisten ausschalten, nur was dann? An der Türverriegelung kamen sie nicht schnell genug vorbei. Und dieser Raum besaß bestimmt eine oder mehrere Verteidigungsanlagen. Entweder Betäubungsgas oder sie konnten die Wände so weit aufheizen, bis die Gefangenen verschmorten. Als Arberianerin musste sie zwar nicht atmen und war robuster als Menschen und Beneri zusammen, aber verbrennen würde sie trotzdem. Sie mussten also eine günstigere Gelegenheit abpassen.

»Was passiert denn jetzt?«, fragte Angia die beiden Gardisten. Sie spielte die ungeduldige Geschäftsfrau.

»Zeit sind Credits, ich muss mich noch um andere Kunden kümmern.«

Die Gardisten reagierten nicht. Sie hielten ihre Visiere verdunkelt, was ein sicheres Zeichen dafür war, dass sie für keine Konversation zur Verfügung standen.

Angia ließ sich auf eine Bank niedersinken. Die Sitzgelegenheit war fest an die Wand geschweißt worden. Weil es nur drei Sitzflächen gab, nahm Angia die mittlere ein und winkte Hank zu sich. Etwas widerwillig setzte er sich neben Angia. Sie öffnete ihre linke Hand, als erwartete eine Liebende die tröstende Berührung ihres Partners. Hank sah sich nach den Wachleuten um. Sie wurden zweifellos auch aus anderen Winkeln beobachtet und außerdem abgehört. Nur dafür existierten diese Verhörzimmer. Zögernd legte er eine Hand in die ihre. Angia spürte, wie er ihr zwei der EMP-Impulse in die Handfläche drückte. Er gab sie sicher nicht leichtfertig her. Dann zog er sich wieder von ihr zurück, so als fühlte er sich bei einem peinlichen Gefühlsausbruch ertappt.

Angia legte die Hände zusammen, damit die beiden Knöpfe nicht gesehen werden konnten. Dann ließ sie sich zurücksinken und konzentrierte sich auf ihren Herzschlag, eine Entspannungsmethode ihres Volkes.

Hank blieb unruhig sitzen. In ihm schienen unterschiedlichste Kräfte gegeneinander zu kämpfen. Dennoch war er klug genug, nicht unüberlegt zu handeln. Erneut sah sich Angia in der Annahme bestätigt, dass Hanks Jähzorn nur sein Image war und nicht der Wahrheit entsprach.

Wenn man jemanden in solch ein Verhörzimmer sperrte, ließ man ihn darben, um zu sehen, ob er sich auffällig verhielt. Angia war entschlossen, ihre Beobachter zu langweilen.

Es dauerte fast fünftausend Herzschläge, bis sich die

Tür wieder öffnete. Herein trat ein Beneri in einem Antigravitationsanzug, über den er ein leichtes Stoffgewand trug, das sparsam mit Mustern verziert war. Seine weichen Gesichtszüge verrieten keine Regung. Hinter ihm drängten noch zwei weitere Gardisten in den Raum, damit wurde es fast schon etwas eng.

Angia und Hank erhoben sich.

»Bleibt gerne sitzen«, sagte der Beneri freundlich, verschränkte die Finger vor seinem Bauch und sah die beiden an.

»Wir stehen lieber«, sagte Angia. »Ihr wisst sicher, mit wem Ihr es zu tun habt, wir aber nicht.«

»Oh, wie unhöflich«, entgegnete der Beneri. »Ich bin Oberverwalter Greorg von Hellcaris vier.«

Beneri und ihre Titel, dachte Angia, *es interessiert mich herzlich wenig, auf welcher Raumstation du geboren wurdest.* Laut sagte sie: »Sehr erfreut.« Sie deutete eine Verbeugung an. Mitch wäre stolz auf sie, auch wenn er später seine Witzchen darüber machen würde, warum sie nicht knickste.

»Ihr habt also die ... Software?«, fragte der Beneri.

»Haben wir.«

»Habt ihr sie getestet?« Für einen Beneri war er erstaunlich kurz angebunden. Vor ihnen stand ein geübter Verhandlungsführer. Er verstand, wie leicht man einem die Worte im Mund herumdrehen konnte, deshalb ging er sparsam damit um.

»Ja. Aber wir haben sie nicht lauffähig bekommen. Wir wissen ehrlich gesagt nicht einmal, was wir da genau haben. Der Datenträger ist allerdings intakt.« Auch Angia musste sich bedeckt halten. Die besten Lügen lagen möglichst nah an der Wahrheit und waren vor allem einfach.

»Kann ich den Datenträger bitte sehen?« Greorg

öffnete seine Hand und reckte sie ihnen entgegen.

Die beste Gelegenheit, eine Geisel zu nehmen. Allerdings wären sie dann im Verhörraum eingesperrt und müssten verhandeln. Lebend würden sie nicht aus dieser Zelle kommen.

»Selbstverständlich könnt Ihr sie sehen«, stimmte Angia zu. »Nachdem wir den Palast unbeschadet verlassen haben und bezahlt wurden.«

Ein Lächeln zuckte über den schmallippigen Mund des Beneri. Verhandlungen waren sein Schlachtfeld.

»Wieso sollte ich euch bezahlen, wenn ich nicht einmal sicher bin, dass ihr den Verhandlungsgegenstand überhaupt besitzt?«

»Wir haben ihn auch gar nicht«, sagte Angia und konnte sich ein Lächeln nicht verkneifen. Der Beneri zuckte, als er kurz ihre Fangzähne sah.

»Also gebt Ihr euren Bluff zu?«

»Ich gebe gar nichts zu, aber wir haben die Software nicht bei uns, weil wir befürchten mussten, dass Ihr sie uns mit Gewalt abnehmt. Dann müsstet Ihr nichts bezahlen und wer vermisst schon zwei abgeranzte Kopfgeldjäger.«

»Hey!«, beschwerte sich Hank.

»Wir sind nicht so durchtrieben wie die Rekurianer, wir zahlen immer«, beteuerte Greorg. »Nur wurde mir zugetragen, dass Ben-Amud von Habach tot ist, getötet von zwei ... mittelmäßigen Kopfgeldjägern, deshalb ...«

»Pass auf, was du sagst, du ...«

»Hank!«, zischte Angia. »Reiß dich zusammen. Er will uns nur provozieren, damit er uns legitim festnehmen und uns die Software abnehmen kann.«

»Das ist ...« Hank verschlug es die Sprache. Jetzt zweifelte Angia daran, dass sein Jähzorn nur eine Finte war. Wie es aussah, musste man nur die richtigen Knöpfe drücken.

»So etwas würde ich nie tun«, stritt der Beneri ab, wirkte aber nicht besonders betroffen.

»Ich schlage vor, wir treffen uns in einer Stunde vor dem Palast, dann übermitteln wir die Software und Ihr transferiert die Credits auf sein Konto.« Angia wies Hank die Credits zu, um zu zeigen, dass sie ihm vertraute. Außerdem würde es ohnehin nicht zu einer Auszahlung kommen.

Der Beneri musterte sie eindringlich. Er wusste mit Sicherheit, was da auf dem Spiel stand und wie gefährlich diese Software war.

»Dann behalten wir sie eben, es wird sich schon ein Käufer finden«, sagte Angia und wandte sich zu Hank. »Komm, wir gehen.«

»Ihr glaubt wirklich, wir lassen euch einfach gehen?«, fragte der Beneri deutlich amüsiert.

»So wie ich das sehe, solltet Ihr das, denn wir haben eine Zeitschaltung in unserem Schiff. Wenn wir nicht in den nächsten ...«, sie tat, als würde sie die Zeit auf einer Anzeige in ihren bionischen Augen ablesen, »fünfzehn Minuten zurück sind, wird die Software zu einem meiner Partner auf MX34 transferiert. Ein Planet in der neutralen Zone.«

»Das habt Ihr nicht wirklich vor«, fragte der Beneri, jetzt klang er doch etwas verunsichert. Seine Gesichtszüge wurden noch weicher, als müsse er darum kämpfen, sie in Form zu halten.

»Was natürlich auch passiert, wenn jemand versucht, in unser Schiff einzudringen oder es beschädigt«, schob Angia hinterher, damit der Beneri nicht auf dumme Ideen kam. »Wir haben schon viel zu viel Zeit verschwendet. Wir werden jetzt gehen.«

Jetzt war der Beneri am Zug, er musste sich entscheiden, würde er ihnen glauben oder nicht? Wenn sie logen, konnte er sie verhaften, wenn nicht, ging ihnen eine der mächtigsten Waffen verloren und geriet noch dazu in dubiose Hände.

»Also gut, ihr dürft gehen«, beschloss der Beneri. »Ihr kommt in einer Stunde mit der Software zurück zum Palast, wir zahlen euch aus und dann haben wir alle endlich wieder Ruhe vor der ...«, den letzten Teil verschluckte er. Greorg drehte sich um und nickte den Soldaten zu. Vor ihnen glitt die automatische Tür auf.

»Jetzt!«, rief Angia, stieß den Oberverwalter beiseite und schleuderte einen der EMP-Impulse gegen den Soldaten, der ihr zugewandt stand. Es schepperte metallisch, als der Impuls aufschlug und gleich darauf brach der Gardist unter der Last des Kampfpanzers zusammen. Nach der Wurfbewegung drehte sich Angia zu dem Benerisoldaten an der aufgleitenden Tür um und rammte ihm ihre Schulter in den Rücken. Schmerz von dem Aufprall durchzuckte Angias Körper. Völlig übertölpelt geriet der Soldat ins Straucheln. Taumelnd fuhr er herum. Angia packte sein Plasmagewehr, wandt es ihm aus der Hand und donnerte ihm den EMP-Impuls auf die Brust. Der Beneri stürzte nach hinten und blieb in der offenen Tür liegen, die sich gerade wieder schließen wollte.

Hinter Angia zischte eine Plasmaladung. Reflexartig wich sie zur Seite, drehte sich in derselben Bewegung herum, hob das Plasmagewehr und zielte auf den letzten Benerisoldaten. Hank war nicht so schnell wie Angia, das Überraschungsmoment hatte ihm nur gereicht, um einen der Soldaten zu überwältigen. Angia drückte den Abzug durch, doch die Waffe war natürlich gesichert.

Aus den Augenwinkeln sah sie, wie sich der Oberverwalter in einer Ecke zusammenkauerte. Für eine Flucht war er zu feige, denn dabei hätte er zu dicht an Angia vorbeigemusst.

Angia riss die Abdeckung der Waffe beim Abzug

auf. Ein Bauplan dieses Modells war in ihren bionischen Augen gespeichert. Die Abzugssperre war leicht zu überbrücken, auch wenn es Zeit brauchte.

Weitere Schüsse gingen durch den Raum. Hank wich geschickt aus und rammte dem Gardisten den EMP-Impuls gegen den Körper. Der Schild des Mannes flammte auf und wehrte den Angriff ab. Hank entkam im letzten Moment dem Gewehrkolben, mit dem der Soldat nach ihm schlug, stolperte aber und ging zu Boden. Schon zielte der Beneri auf ihn. In dem Moment gelang es Angia, ihre Waffe zu überbrücken. Sie schoss. Eine Salve Plasmageschosse schlug in den Schild des Beneri ein. Klirrend zerbarst dieser. Erst dann verstand der Beneri, woher der Beschuss rührte und zielte auf Angia. Doch die Arberianerin war schneller und schoss auf die ungeschützte Waffe des Beneri. Sein Plasmagewehr wurde beiseitegerissen und ließ ein unscheinbares Knistern vernehmen. So schnell wie Hank auf die Beine kam, verstand er wohl genau wie Angia, was in der Waffe vor sich ging. Die beiden stolperten gerade noch über den unschädlich gemachten Benerisoldaten zu Tür hinaus und retteten sich um eine Ecke, als die Plasmawaffe mit einem Donnerschlag explodierte. Im Gang standen keine weiteren Soldaten. Sie hatten sich auf ihre Überlegenheit verlassen und deshalb die anderen Krieger abgezogen. Ein Fehler, den sie schnell korrigieren würden.

»Und jetzt?«, fragte Hank außer Atem.

»Jetzt rennen wir!«, rief Angia über den dröhnenden Lärm von anstürmenden Benerisoldaten hinweg.

22

»Hmm, scheint zu stimmen«, urteilte der Benerisoldat. In seinem Helm prüfte er gerade Mitchs Identität. Der Kopfgeldjäger hatte sich für Hank ausgegeben, als sie ihn aufgehalten hatten. Er wusste aus seinen Bartouren, wie schwer es Beneri fiel, Menschen zu unterscheiden.

»Aber die Haare sind wieder nachgewachsen«, stellte der andere fest.

»Menschen sind seltsam«, urteilte der Benerisoldat.

»Ja, sind wir. Kann ich jetzt gehen?«, fragte Mitch. »Ich muss mir dringend eine Energiespule besorgen. Sonst bekomm ich mein Schiff nicht in Gang.«

»Ja, kannst verschwinden«, sagte der Soldat.

»Moment«, widersprach der andere Gardist. »Wir haben eine Auglaraswaffe gefunden und das da ist ein Auglarasschiff.«

Mitch erstarrte. »Eine Auglaraswaffe?« Er versuchte, möglichst überrascht zu klingen. In Gedanken gebot er sich zu schweigen. Alles, was er sagte, konnte ihn verdächtig erscheinen lassen.

»Ja, eine Auglaraswaffe. Weißt du was darüber?«, fragte der Benerisoldat misstrauisch.

»Die werden in Sektor 2B verkauft von so ´nem Kerl, der sieht etwas verdächtig aus, wollte mir was andrehen, aber ich brauch ja nix.« *Du redest zu viel,* schalt sich Mitch.

»Weil du schon alles hast, wie?«, der Beneri grinste. »Sieht zumindest so aus, als würde es deinem Schiff an so gar nichts fehlen.«

»Das alte Ding?«, fragte Mitch und zeigte über die

Schulter. »Das Teil ist ein Schrotthaufen. Ich bekomm es kaum noch gestartet. Meine ganzen Credits gehen dafür drauf, das Teil in Gang zu halten. Wenn es erlaubt wäre, würde ich es sofort verkaufen.« *Halt deinen Rand Mitch, du Trottel.*

»Wieso sollte es nicht erlaubt sein?«, fragte der Benerisoldat.

»Weil das Ding stark bewaffnet ist. Du brauchst erst jemanden mit einer passenden Lizenz«, belehrte der andere Benerisoldat.

»Richtig und Leute mit so einer Lizenz haben genug Credits sich ein besseres Schiff leisten zu können«, fügte Mitch hinzu.

»Na wie auch immer, wir müssen jedenfalls in das Schiff«, beschloss der Benerisoldat.

»Was? Warum?«, beschwerte sich Mitch.

»Auglaraswaffe, Auglarasschiff. So einfach ist das. Wir müssen sehen, ob sie auf dem Schiff fehlt.«

»Um welche Waffe geht es denn?«, fragte Mitch.

»Ein Plasmawerfer zehn Punkt eins.« Als der Beneri die Typenbezeichnung nannte, versuchte sich Mitch an einem höhnischen Lachen. »Die Dinger sind viel zu teuer, ich könnte mir nicht einmal leisten, so ein Teil anzuschauen.«

»Kennst dich wohl gut aus«, drehte der Beneri Mitch die Worte im Mund herum.

»Ich hab ein Auglarassschiff, das ich ständig reparieren muss, da bekommt man einen Überblick über die Technologie. Kann ich jetzt bitte gehen, ich hab da einen Termin. Wenn ich den nicht einhalte, dann verliere ich die Antriebsspule und bleib ewig auf dieser Raumstation hängen.«

»Erst zeigst du uns dein Schiff«, beharrte der Beneri.

»Dazu braucht ihr doch eine Amtsanweisung«, hielt Mitch dagegen.

»Stimmt. Wir können dich auch so lange festhalten, bis wir sie haben. Wird etwa vierzig Stunden dauern«, drohte der Beneri mit einem selbstgefälligen Grinsen im Gesicht.

Verflucht. Mitch konnte den beiden eigentlich keinen Vorwurf machen, es war Vorsicht geboten, gerade wenn so eine starke Waffe auf der Station auftauchte. Andererseits war er kaum verdächtig, wenn man von seiner Umhängetasche mit den Erschütterungsgranaten absah. Diese schien von den beiden Soldaten einfach übersehen worden zu sein. Es blieb ihm nur eine Möglichkeit.

»Also gut«, lenkte er ein. Er trat zurück auf die Plattform, öffnete manuell die Schleuse und ließ die beiden Soldaten voran ins Schiff gehen.

»Kann ich euch via Datentransfer die Schiffsprotokolle schicken? Macht es einfacher. Der Bordcomputer funktioniert grade nicht«, versuchte er sich möglichst kooperativ zu geben.

»Ja, das wäre hilfreich«, erwiderte einer der Benerisoldaten. Die beiden sahen sich mit einer in den Kampfpanzer integrierten Leuchte im Schiff um.

Mit ein paar Eingaben im Holodisplay seiner Prothese verlinkte Mitch seinen Kommunikator mit der angebotenen Soldatenfrequenz und schon bekam er mit dem Hackingtool Zugriff auf eine Rüstung. Aber eben nur auf eine.

»Kann ich den anderen Zugang verwenden? Irgendwas sperrt sich hier, vielleicht ist meine Firewall im Weg, weiß nicht.«

Der andere Soldat seufzte und schon empfing Mitch auch dessen Signal, klinkte sich ein und schaltete die Rüstungen der beiden Gardisten gleichzeitig ab. Sie fielen donnernd um. Mitch konnte sehen, wie sie unter den Helmen gegen die Visiere anbrüllten und den

Kampfrüstungen Befehle gaben, doch diese reagierten nicht.

»Wenn ich eure Rüstungen wieder freigebe, dann verlasst das Schiff, so schnell ihr könnt«, wies er die beiden an, in der Hoffnung, sie würden ihn durch den Kampfpanzer hören. Ihre Antigravitationsanzüge waren noch aktiv, was bedeutete, dass sie nicht sofort sterben würden. Leider würden ihnen ihre Rüstungen gegen die Explosion des Raumschiffes kaum Schutz bieten. Auch wenn es Mitch widerstrebte, Unschuldige mit in diese Sache hineinzuziehen, so konnte er später auf ihre Leben keine Rücksicht mehr nehmen. Hatte er doch alles unternommen, um sie zu schützen. Diese kläglichen Versuche, sie zu bequatschen, hatte ihn schon etliches an Zeit gekostet. Jetzt war Eile geboten. Zwar wusste Mitch nicht, wie weit Angia mittlerweile war, aber er musste sich auf Posten befinden, sobald die Reihe an ihn kam. Außerdem würde auffallen, dass die beiden Soldaten im wahrsten Sinne ausgeschaltet worden waren. Wenn die Beneri das feststellten, würden sie nicht nur nach Waffen im Raumhafen suchen, sondern zusätzlich nach zwei vermissten Gardisten. Eine weitere Ablenkung, aber auch eine Gefahr, endgültig aufzufliegen.

Schnell verließ Mitch das Schiff und schloss die Ladeluke. Von der Quami war nichts mehr zu sehen. Hoffentlich hatte sie einfach das Weite gesucht. So flink und unauffällig wie möglich lief Mitch zum Palast. Er musste dabei mehrfach Gardisten ausweichen, indem er rechtzeitig in eine Seitengasse abbog. Dadurch verlor er kostbare Minuten.

Endlich erhaschte er einen ersten Blick auf den Palast. Das Flirren des Schildes lag noch darüber. Also kam er nicht zu spät.

Mitch konnte nicht einfach um den Vorplatz des

Palastes laufen, zu hoch war das Risiko aufzufliegen. Deshalb suchte er sich einen Weg zwischen den umliegenden Gebäuden hindurch. Dabei kam er durch ein Wohnviertel, in dem sich wohlhabende Beneri niedergelassen hatten, leicht zu erkennen an den hohen Metallwänden um die Anwesen. Wer es sich leisten konnte, besaß sogar eigene Schilde. Wenn man den Arsch voll Credits hatte, fürchtete man sich davor, sie wieder zu verlieren. Es blieb einem also nichts anderes übrig, als sich selbst einzusperren.

In seinen zerlumpten Klamotten fiel Mitch hier natürlich auf. Doch er wurde nicht angesprochen. In den Augen der Passanten war er ein Ärgernis, aber eines, von dem sie hofften, es würde sich von alleine lösen.

Endlich kam Mitch im richtigen Winkel zum Palast an. Jetzt lag nur der belebte Vorplatz zwischen ihm und den Palastmauern, hinter denen sich der Garten und damit sein Angriffsziel befand. Er überlegte noch, wie er am sichersten vorgehen konnte, als der Energieschild verlosch.

»Verdammt!«, entfuhr es ihm. Angia hatte es geschafft, aber wie? War sie in großer Gefahr oder blieb Mitch Zeit? Lebte Hank noch oder hatte er Angia umgebracht?

Er konnte keine Funkverbindung zu ihr aufbauen. Angias Kommunikator wurde ihm nicht angezeigt. Jetzt durfte er keinen Augenblick zögern. Er rannte zwischen den Häusern hinaus auf den Vorplatz zum Palast und sah sich plötzlich zehn Gardisten gegenüber, die vor der Mauer Stellung bezogen hatten. Mitch sah, wie sie sich ihm zuwandten.

23

Nur mit Hilfe ihrer arberianischen Reflexe entkam Angia dem Plasmageschoss, das knapp an ihrem Kopf vorbeizischte und ihre schwarzen Haare versengte. Hank und Angia retteten sich gerade noch um eine Ecke. Weitere Plasmageschosse zischten an ihnen vorbei.

»Da lang«, rief Angia über den Lärm hinweg und spurtete in die angezeigte Richtung. »Die Sicherheitszentrale ist gleich hier vorne.«

Keuchend kamen sie vor der Tür an. Natürlich war sie verriegelt. Hank, immer noch unbewaffnet, schlug seinen letzten EMP-Impuls gegen das Schloss und sofort verstarb die elektronische Verriegelung.

»Die Tür ist zu schwer, ich bekomme sie nicht auf«, rief der Kopfgeldjäger.

Ungezielte Plasmageschosse zischten ihnen um die Ohren.

Angia warf ihm das Plasmagewehr zu, drückte die Handflächen gegen die Tür und schob sie auf. Als sich die Tür einen Spalt weit geöffnet hatte, schoss Hank in den Sicherheitsraum. Drinnen ertönten überraschte Schreie, gefolgt von Stille. Dann stemmte sich auch Hank in die Tür, bis der Spalt breit genug wurde, damit sie hindurchschlüpfen konnten.

Im Raum lagen drei Beneri. Alle mit faustgroßen Löchern in ihren Antigravitationsanzügen und dem verschmorten Fleisch darunter. Es roch nach verbrannten Organen.

Ungerührt trat Angia sofort ans Terminal. Der

Sicherheitsmannschaft war keine Zeit geblieben, den Computer zu sperren.

»Gib mir Deckung!«, befahl Angia Hank und rief in ihren bionischen Augen eine Anleitung des Terminals auf. Sie fand die Schildkontrolle und deaktivierte sie mit einer raschen Eingabe. Unterdessen schoss Hank immer wieder durch den Türspalt. Vor dem Sicherheitsraum lag bereits ein Soldat, der zu viel riskiert hatte. Elektrische Blitze zuckten über seine durchschossene Rüstung.

Immer wieder zischten Plasmablitze durch die Tür. Alle gingen an Angia vorbei. Einer schlug jedoch in die Armaturen ein und verschmorte eines der Eingabefelder für die Schilde. Glück im Unglück, denn so würden sie die Schilde nicht ohne aufwendige Reparaturen aktivieren können.

Die Sekunden zogen sich unendlich in die Länge.

»Mitch müsste seinen Angriff schon lange gestartet haben«, rief Hank angestrengt, während er auf den Türspalt feuerte.

»Sicher«, stimmte Angia zu. »Nur jetzt, wo wir die Aufmerksamkeit der gesamten Wachmannschaft auf uns gezogen haben, werden sie die Soldaten sicher nicht abziehen.«

Angia sah das Aufblitzen einer Waffe und duckte sich gerade noch unter einem Plasmablitz hindurch.

Hank nahm den Angreifer sogleich aufs Korn. Schwer getroffen stürzte dieser, um sich nie wieder zu erheben.

Mit ein paar Eingaben am Sicherheitscomputer überprüfte Angia den Palast. Doch die einzige Alarmmeldung bezog sich auf ihren Sektor. Sie fluchte innerlich. Dann fiel ihr etwas ein. Sie mussten auch die Zellen entriegeln, wenn sie die Prinzessin retten wollten. Sie rief die Steuerung auf und überprüfte den

Gefängnistrakt. Es gab drei Gefangene und einer davon war nur mit einer Kennung versehen, während die anderen mit Namen eingetragen waren. Angia öffnete die Zelle des namenlosen Inhaftierten.

»Was tust du da?«, rief Hank und schoss erneut durch den Türspalt.

Er durfte nicht sehen, was sie vorhatte. Deshalb versuchte Angia ihm den Blick mit ihrem Körper zu verstellen.

»Ich will etwas Verwirrung stiften und suche nach Verteidigungssystemen im Palast«, log sie. *Keine schlechte Idee.* Wie sie mit einigen Eingaben feststellen musste, verfügte der Palast leider über keine Waffensysteme innerhalb, die sie auf die eigenen Soldaten richten konnte. An den Palastmauern gab es jedoch Plasmageschütztürme, die man ausfahren konnte, wenn Gefahr drohte. Angia blockierte die Steuerungseinheit, so würden die Türme schießen, aber vorher nicht ausfahren. Das würde etliche Plasmaexplosionen zur Folge haben, falls die Abwehranlagen automatisch aktiviert wurden.

Langsam wurde Angia skeptisch. War Mitch am Ende etwas zugestoßen, hatte man ihn entdeckt?

Erneut überprüfte Angia den Palast, noch immer gab es keinen weiteren Alarm.

»Meine Energie ist gleich alle«, warnte Hank.

Hier musste es doch Waffensysteme geben. Aber das Einzige, was Angia fand, war eine Zentralfrequenz für den Funk zu allen Soldaten. Sie sah sich um. Einer der erschossenen Wachmänner trug einen mobilen Datenträger an seinem Gurt. Sie riss diesen ab und verband ihn mit der Anlage. Für einen Moment flammte das Bild einer glücklichen Familie auf dem Monitor auf. Angia löschte es und übertrug die Datenfrequenz auf den Träger.

»Ich hab nur noch Energie für wenige Schüsse!«, rief Hank, leider so laut, dass es die Gardisten vor der Tür womöglich auch gehört hatten.

Ein Donnerschlag lief durch den Palast, der komplette Boden erzitterte.

»Was war das denn?«, fragte Hanks erschrocken.

Diese Erschütterung passte nicht zu der Waffe, die Mitch nach Hanks Wissen benutzen sollte.

»Hört sich an wie Mitch, der improvisiert«, log Angia erneut, sie rief den Palastgarten auf den Monitor und sah eine Alarmzone. Soldaten stürmten zu dem Sektor. Zu ihrem Unglück benötigte man nur wenige Gardisten, um sie im Überwachungsraum festzusetzen.

»Improvisieren sollten wir auch.« Angia öffnete einen Funkkanal an die Soldaten und rief: »Alle Eineinheiten sofort in den Palastgarten, das Leben des Monarchen ist in Gefahr! Ich wiederhole: Alle Einheiten sofort in den Palastgarten, es geht um Leben und ...« Mitten im Satz kappte sie die Verbindung.

»Das funktioniert niemals«, prophezeite Hank.

Angia lauschte und tatsächlich hörte sie schwere Schritte der gepanzerten Soldaten, die an ihrer Tür vorbeirannten.

»Das ...«

Mit einem Zischen schnitt Angia Hank das Wort ab. Sie schlich sich nahe an die Tür und ging an der Seite in Deckung. Sie signalisierte Hank, sich auf der anderen Seite der Tür niederzukauern. Wenn die Soldaten sie für tot hielten oder für wehrlos, weil ihnen die Waffenenergie ausgegangen war, würden die Beneri ihnen in die Falle laufen. Die Überlegenheit eines Kampfpanzers verleitete schnell zu waghalsigen Aktionen. Eine Plasmasalve entlud sich durch den Türspalt in den Kontrollraum. Hank und Angia taten keinen Mucks, immer darauf bedacht, dass gleich jemand eine Waffe hereinhalten konnte und ungezielt um die Ecke schoss, nur um sicherzugehen. Stattdessen fuhr eine gepanzerte Hand in den Türspalt und schob sie auf.

»Hier bin ich!«, rief Angia. Der Benerisoldat drehte sich rasch zu ihr herum. Bevor der Gardist feuern konnte, entriss Angia ihm die Waffe und rammte ihn beiseite. Ein zuckender Schmerz durchfuhr sie, als sie seinen Schild zweimal durchbrach. Einmal für die Waffe und einmal, um ihn aus dem Gleichgewicht zu bringen. Sie schlüpfte an dem überrumpelten Gardisten vorbei, hinaus in den Gang. Dort befanden sich noch zwei Beneri, die hilflos mit angesehen hatten, wie ihr Kamerad übertölpelt wurde. In dem Türspalt war kein Platz für sie, um einzugreifen. Damit, dass ihnen jemand aus dem Kontrollraum entgegenkam, hatten sie nicht gerechnet. So gewann Angia wertvolle Sekunden. Hinter sich hörte sie Hank, der versuchte an dem überrumpelten Gardisten vorbeizukommen. Sein Fluchen ging im Feuer von Plasmageschossen unter. Weil Angia ihren Kameraden im Rücken hatte, konnten sie es nicht riskieren, auf die flinke Arberianerin zu schießen. Angia warf das Plasmagewehr auf die Gardisten und rief: »Granate!«

Erschrocken gingen die beiden in Deckung. Wie vermutet verfügten sie über kaum Kampferfahrung, nur deshalb waren sie derart leicht auszutricksen. Angia ergriff ein anderes herumliegendes Plasmagewehr und stürmte in Richtung der Zellen davon.

Sie bog gerade um eine Ecke, als das Plasmafeuer hinter ihr aufflammte. In Deckung entsicherte sie ihr neues Plasmagewehr. Noch einmal dachte sie an Hank. Hoffentlich hatte es ihn erwischt. Aber der Kerl war wie eine Wüstenmade, schwer zu töten. Sie würde erst glauben, dass der Kerl tot war, wenn sie seine kalte

Leiche sah und sein stockendes Blut roch. Doch vorerst war sie ihn losgeworden.

24

Mitch wich zurück. Die Gardisten hatten ihn tatsächlich gesehen und kamen direkt auf ihn zu. Sie waren sicher schon in Alarmbereitschaft und mit seinem Spurt auf den Platz hinaus hatte Mitch sich verdächtig gemacht. Ein lumpenbekleideter Mann, der aus dem Reichenviertel rannte, war auch ohne Alarm ein Grund für eine gründliche Durchsuchung.

»Stehenbleiben!«, rief einer der Gardisten. Verstärkt durch einen Lautsprecher in seiner Rüstung hallte seine Stimme über den gesamten Vorplatz.

Der einfachste Weg, um jemanden zu überprüfen, war, ihn festzunehmen und zu sehen, ob er sich dabei verdächtig verhielt. Mit seiner Taktik traf der Gardist ins Schwarze. Mitch konnte sich jetzt nicht noch einmal aufhalten lassen. Deshalb blieb ihm nur die Flucht. Er rannte wieder in das Viertel zurück und schlug einen Haken, in der Hoffnung, dass man ihn dabei nicht gesehen hatte. Im Laufen setzte er mehrere Erschütterungsgranaten zusammen. Es blieb ihm keine Zeit, sie ordentlich auszurichten. Er musste ihre ganze Gewalt entfesseln und hoffen, dass es genügte, die Wachen im Inneren des Palastes abzulenken. Er hastete um eine weitere Ecke und schon befand sich der Palast erneut vor ihm. Auf dem Vorplatz an dieser Stelle waren nur wenige Menschen unterwegs. Darunter eine Schar Benerikinder, noch im geschlechtslosen Alter. Sie spielten Fan-Kar. Dafür brauchte man bis zu fünf Bälle, mehr wusste Mitch darüber nicht.

Mit schnellen Schritten trat er hinter sie, nutzte zwei

der Kinder als Deckung, zog eine der zusammengesetzten Granate hervor, holte Schwung und warf. Die Prothesen verliehen ihm die nötige Kraft dazu.

»Wow!«, hörte Mitch einige der Kinder ausrufen, als sie die Flugbahn der Granate beobachteten, die in diesem Moment wie einer ihrer Bälle wirkte.

Mitch wartete nicht ab, sondern warf die zweite. Ein Donnerschlag erklang, als die erste Granate detonierte. Gleich darauf explodierte die zweite. Die beiden Erschütterungen liefen durch die gesamte Raumstation. Kreischend stoben die Passanten auseinander. Sie rechneten wohl mit einem Angriff aus dem All und flüchteten zu den nächstgelegenen Schutzräumen.

Mitch verfolgte für einen Moment, wohin die Leute flohen und schloss sich dann einem Pulk an, der in Richtung Raumhafen rannte.

Er musste die Kiste startklar machen. Hoffentlich bekam er mit dem Signalverstärker in ihrem Schiff Kontakt zu Angia. So lange waren sie während einer Mission noch nie getrennt gewesen. Ein beunruhigendes Gefühl.

25

Sie lag flach auf dem Boden ihrer Zelle. Die Schwerkraft lastete auf ihrem ganzen Körper. Nur in dieser Position füllten sich ihre Lungen noch ausreichend mit Luft. Im Sitzen wurde ihr Brustkorb bis zur Kurzatmigkeit belastet. Seit Osetta von den beiden Kopfgeldjägern zurückgebracht worden war, wartete sie nun in dieser Zelle. Der oberste Verwalter hatte bei ihrer Ankunft damit gedroht, dass ihr Vater sie befragen und dann eine Strafe festlegen würde. Allerdings war ihr Vater, selbst in seiner Position als Monarch der Beneri, immer recht zögerlich gewesen. Er saß jeden Konflikt aus, bis sich dieser in Vergessenheit auflöste oder ihn die Situation zum Handeln zwang. Dann wies er stets jede Verantwortung von sich, weil er behauptete, es habe schlicht keine andere Möglichkeit für ihn gegeben.

Deshalb war Osetta sich in einem sicher, ihr Vater würde nicht zu ihr kommen. Seine Nichtachtung war ihre Bestrafung. Sie würde langsam von der Schwerkraft in der Zelle zerdrückt werden. Ihr Vater würde erst nach ihrem Tod tätig werden. Eine tote Prinzessin war solch eine Situation, die ihn zum Handeln zwang. Sie hatte gewusst, wie riskant ihr Plan war. Frieden zu schaffen in einem Universum, in dem alle von Krieg profitierten, war eine fast unmögliche Aufgabe und doch lohnend. Konflikte entstanden von allein, für Frieden musste man arbeiten und falls nötig auch sein Leben riskieren. So viel war Osetta klar gewesen. Sie hatte alles aufs Spiel gesetzt und verloren.

Damals war sie vor ihrer Geschlechtsreife in

Gefangenschaft des rekurianischen Tyrannen Uur-Rekur-Kra geraten. Wenngleich sie von Geburt an gelernt hatte, diese Spezies zu hassen, wusste sie doch um den Ursprung ihrer Völker. Mit Uur-Rekur-Kra verband sie der Wunsch nach Frieden. Bei einem gemeinsamen Essen hatten sie das Wesen des Hasses ihrer Spezies aufeinander ergründet. Im Kern lag es an ihrem genetischen Unterschied. Doch bestärkt von ein paar alten Texten war sich Osetta in einem sicher: Bei den Rekurianern handelte es sich um Beneri. Jene, die auf der Heimatwelt zurückgeblieben waren, während ein anderer Teil ihrer Spezies ins All aufgebrochen war.

Uur-Rekur-Kra und sie hatten deshalb den kühnen Plan gefasst. Sie wollten dem Universum beweisen, dass es zwischen ihren Spezies keinen oder nur einen geringen genetischen Unterschied gab. Osetta entschied sich bei der Reife für die weibliche Form ihrer Spezies und beschloss, mit Uur-Rekur-Kra ein Kind zu bekommen. Ein lebendiger Beweis für ihre Verwandtschaft. In den pazifistischen Gonariern fanden sie schnell Verbündete. All dies geschah noch in ihrer Gefangenschaft bei den Rekurianern. Nachdem ihr Vater das Lösegeld für Osetta gezahlt hatte und sie zurückgekommen war, hatte sie ihren Vater um eine Studienreise zu den Gonariern gebeten. Weil sie ihre Geschlechtsreife in Gefangenschaft vollzogen hatte und als Frau zurückgekehrt war, waren einige Ratgeber ihres Vaters misstrauisch geworden. Bevor sie die Studienreise hatte antreten können, war man ihr auf die Schliche gekommen. Deshalb war sie geflohen, eh man sie festsetzen konnte. Zwei Kopfgeldjäger hatten ihr Leben riskiert, nur um sie zum Sterben zurückzubringen. Jetzt lag sie hier auf dem kalten Metall und fragte sich, was sie hätte anders machen können.

Zischend öffnete sich die Zelle. Osetta sah auf. Aber

ihr fehlte die Energie, sich gegen die Schwerkraft zu behaupten. Sie beschloss, den Besuch der Wachmannschaft schweigend über sich ergehen zu lassen. Soldaten waren einfach nur Soldaten und für ihre Botschaft nicht empfänglich.

Erstaunlicherweise kam niemand. Osetta stemmte sich mit aller Kraft auf die Unterarme und rang um Atem. Sie trug zwar einen Antigravitationsanzug, aber ohne Betriebsmodul war er unbrauchbar. Außerdem wurde in den Gefängniszellen die Schwerkraft künstlich erhöht. Das war der sicherste Weg, um sie an der Flucht zu hindern und sie langsam zu töten.

Ein Donnergrollen lief durch den Palast. Wurden sie angegriffen? Oder war es am Ende Uur-Rekur-Kra, der versuchte sie zu befreien? Nein, das würde er nicht tun. Damit würde er einen offenen Krieg auslösen. Sie gab sich keiner romantischen Vorstellung hin. Sie waren nicht verliebt, sie teilten nur eine Vision vom Frieden und diese würde Uur-Rekur-Kra nicht für sie aufs Spiel setzen.

Osetta lauschte und hörte das Zischen von Plasmageschossen in der Ferne. Außerdem ertönten Schritte. Leichter als von gepanzerten Soldaten.

»Prinzessin Osetta!«, erklang die aufgeregte Stimme ihres Kammerdieners. Er stürzte zu ihr in die Zelle, kniete sich neben sie und klippte das Antigravitationsmodul an ihren Anzug, sofort wurde ihr die Last vom Körper genommen.

»Unsero? Was machst du hier?«, fragte Osetta und stemmte sich hoch, erst jetzt sah sie das Plasmagewehr in der Hand des Mannes.

»Der Rekurianer hat ein paar Kopfgeldjäger geschickt. Sie stiften Chaos. Eine Gelegenheit, Euch in Sicherheit zu bringen. Folgt mir, schnell. Den Rest erkläre ich später.«

Plötzlich spürte Osetta neue Kraft in den Gliedern. Sie kam auf die Beine und kämpfte gegen den Schwindel an, während Unsero in den Gang hinausblickte, um zu sehen, ob ihr Fluchtweg frei war. Ein Plasmageschoss fraß sich geräuschvoll durch die Luft. Der Körper ihres Kammerdieners ging zuckend zu Boden. Vom Kopf war nur noch der dampfende Kiefer geblieben.

Schritte hasteten zu ihrer Zelle hinüber.

Osetta erstarrte. Hatte ihr Vater trotz des Chaos einen Vollstrecker geschickt?

Tage war sie ohne Aussicht auf Rettung eingesperrt gewesen. Der treue Unsero hatte alles riskiert, um ihr zu helfen, und dafür mit dem Leben bezahlt. Dieses Opfer sollte nicht umsonst sein. Nein, sie würde nicht kampflos untergehen. Osetta zog das Plasmagewehr aus den leblosen Händen ihres Kammerdieners und schoss, als jemand in die Türöffnung ihrer Zelle trat. Die Plasmageschosse schlugen in seinen Brustkorb ein, zerfraßen die Kleidung und das darunterliegende Fleisch. Der Angreifer wurde gegen die Zellentür gegenüber geschmettert und rutschte daran zu Boden.

Osetta sah zu dem Toten hinab. In seiner Brust tat sich ein dampfendes Loch auf. Dieser Spezies war sie erst einmal begegnet, in Gestalt eines Kopfgeldjägers. War dies ein Gefährte von dem Menschen, der sie aus der Gonarierstation gerettet hatte?

Sie hörte weitere Schritte in ihre Richtung hasten. Entschlossen, ihr Leben und das ihres Ungeborenen so teuer wie möglich zu verkaufen, zielte sie auf die Tür.

26

Angia rannte durch den Palast. Der direkte Weg in den Zellentrakt war ihr von zwei Gardisten abgeschnitten worden. Sie fand über die Karte einen Umweg, der sie hinaufführte. Vor ihr sah sie etwas um die Ecke huschen. Früher hätte sie diesen Sinneseindruck als Täuschung wahrgenommen, aber ihre bionischen Augen täuschten sich nicht. Sie konnte allein durch einen kurzen Gedankenimpuls das Bild noch einmal abrufen. Deshalb sah sie ihn: Hank! Er lief ebenfalls zum Zellentrakt hinauf, mit einem Energiekern in den Händen. Wie er dazu gekommen war, erschloss sich Angia nicht.

Wie auch immer. Sie musste Hank aufhalten. Am leichtesten fiel man jemandem in den Rücken, indem man ihn verfolgte. Während sie ihm hinterherjagte, reifte eine Erkenntnis in Angia: Hank hatte nicht nur überlebt, er war ihr sogar auf die Schliche gekommen. Im Sicherheitsraum war er wohl nicht so abgelenkt gewesen, wie sie gehofft hatte. Er musste bemerkt haben, dass sie nicht einfach wahllos die Gefängniszellen geöffnet hatte, sondern nur eine bestimmte. Vielleicht hatte er aber auch schon im Vorhinein von der Inhaftierung der Prinzessin gewusst.

Auf dem nächsten Stockwerk sah sie, wie Hank einen Gang entlang rannte, direkt auf die Zelle zu, in der Angia die Prinzessin vermutete. Noch bevor der Kopfgeldjäger in die Zelle schießen konnte, nagelte ihn eine Salve Plasmageschosse an die Wand gegenüber.

Angia spurtete zu ihm hinüber. Von Hanks

Sprengsatz konnte sie weit und breit nichts mehr sehen.

»Prinzessin, ich bin´s!«, rief Angia, als sie vor die Zellentür glitt. Nur weil sie bereits mit einem Angriff gerechnet hatte, gelang es Angia, den Geschossen auszuweichen.

»Ihr?«, rief die Prinzessin überrascht.

»Ich bin gekommen, um Euch zu ... retten ...« Angias Blick blieb auf dem toten Beneri in der Zelle hängen.

»Dann hoffe ich, Ihr habt mehr Glück«, sagte die Prinzessin und trat an die Tür. »Ihr werdet mir einiges erklären müssen. Wenn das hier ...«

»Ja ja!«, unterbrach Angia. »Dieser Kerl hatte eine Plasmabombe dabei, wo ist die?«

»Ich habe sie nicht ...«

Ein Donnerschlag erlang. Eine Druckwelle riss an Angia und Metallsplitter flogen ihr um die Ohren. Sie fuhr zu der Quelle der Explosion herum. In den Geruch von verbranntem Metall mischte sich noch ein anderer Duft, Luft von der Station. Ein buntes Sammelsurium, das von verschiedensten Spezies, deren Kochgewohnheiten und Ausdünstungen stammte. Schwach, aber für ihre Sinne deutlich wahrnehmbar.

»Hank hat die Außenwand des Palasts gesprengt«, teilte Angia der Prinzessin mit. »Er wollte von hier oben entkommen.«

»Ich verstehe nicht, er ...«

»Antigravitationsgeneratoren. Mit ihnen kann man Schwerkraft bis ins Gegenteil umkehren.«

»Das ist mir bekannt.«

Doch Angia achtete nicht auf die Prinzessin, sondern fuhr zu Hank herum und riss sein verschmortes Hemd auf. Tatsächlich trug er an einem Brustgurt einen Antigravitationsgenerator. Das Gerät war nur knapp von den tödlichen Plasmageschossen verfehlt worden. Beim Einlass in den Palast war dieser nicht aufgefallen.

Viele Spezies trugen so etwas, weil sie an unterschiedlichste Schwerkräfte gewöhnt waren. Außerdem war es keine Waffe, wenn dieser auch aus einer Auglaraskampfrüstung stammte und weit effektiver war als ein Antischwerkraftgenerator eines Benerianzugs.

Angia öffnete den Gurt und zog den Generator von Hanks Leiche. Ihr Rivale sah sie dabei mit starren Augen an. Der Mann war also endgültig tot.

Mit schnellen Griffen legte sie sich den Generator an.

»Was habt Ihr vor?«, fragte Osetta.

»Wir nutzen seinen Fluchtweg. Kommt mit.«

»Aber ...«

»Prinzessin! Los jetzt!« Angia rannte zur Quelle der Explosion. Eine offene Zelle hinter ihr. Diese lag an der Außenwand des Palastes und der Energiekern hatte tatsächlich ein Loch in die Wand gerissen. Die Ränder des Lochs glommen noch. Dennoch war es groß genug, um hindurchzusteigen.

»Ihr wollt da runterspringen?«, fragte Osetta. Sie befanden sich in einer der obersten Etagen des Palastes. Um sie herum herrschte das Dunkel des Weltraumes, die Station unter ihnen erschien so klein wie ein Modell.

»Was wollt Ihr sonst tun, Prinzessin? Über einen Wartungsschacht in eine Müllpresse rutschen?«, fragte Angia und schlang ihren linken Arm um die Hüfte der Prinzessin.

»Ich habe gehört, so was kann durchaus funktionieren«, entgegnete sie unsicher.

»Ja, dann wird auch das hier funktionieren!« Mit diesen Worten sprang Angia durch das Loch. Die Beneriprinzessin war erstaunlich leicht. Dafür riss die Schwerkraft überraschend hart an Angia. Einen Fluch ausstoßend, rauschte die Arberianerin mitsamt der

Prinzessin in die Tiefe. Sie ließ ihre Waffe fallen, griff nach dem Antischwerkraftgenerator und regulierte ihn herunter. Ihr Sturz verlangsamte sich. Nur besaßen sie nicht mehr genug Schwung, um über die halbe Station zu schweben, wie es Hank wohl vorgehabt hatte. Stattdessen würden sie noch innerhalb der Palastmauer landen.

»Mitch!«, rief Angia über den Kommunikator. Im Interface ihrer bionischen Augen sah sie, wie eine Verbindung zustande kam.

»Ja!«, rief ihr Partner durch den Funk.

»Hol uns raus!« Über das Signal konnte er sie orten.

»Auf dem Weg!«

Auf Mitchs Funkspruch folgte ein gewaltiger Knall aus der Richtung des Raumhafens. Ihm musste es irgendwie gelungen sein, die Abflugsicherung zu sprengen.

Als Angia auf dem Boden aufsetzte und die Schwerkraft wieder hochregulierte, um sich schneller bewegen zu können, spürte sie noch die Erschütterung.

»Ihr nehmt die gesamte Station auseinander«, keuchte die Prinzessin.

»Ja, um Euer Leben zu retten«, entgegnete Angia. Im Interface sah sie ihre Kiste, die sich über die Station auf ihren Standort zubewegte.

»Ist mein Leben mehr wert als das derjenigen, die ihr auslöscht?«

»Aus meiner Sicht, ja«, erwiderte Angia und behielt die Umgebung im Auge. Sie befanden sich auf einer Fläche mit blauem Rasen. Bewegungsmelder hatten sie erfasst und gaben einen stillen Alarm. Weitere Explosionen erklangen, als die versteckten Geschütztürme sich selbst in die Luft jagten, weil sie zwar feuerten, aber vorher nicht ausfuhren. Dennoch gab es von hier kein Entkommen. Zwar hätten sie mit dem Antischwerkraftgenerator über die Palastmauer hinwegschweben können, nur wären sie dabei viel zu langsam und deswegen ein leichtes Ziel für die Gardisten. Ohne Frage war ein ganzer Pulk von ihnen auf dem Weg, um Angia und die Prinzessin aufzuhalten. Wenigstens bot der Garten genug Landeplatz für die Kiste.

»Vielleicht fragt ihr die, was sie von Euren moralischen Überlegungen halten«, sagte Angia schwach. Aus dem Eingang des Palastes strömten unzählige Benerisoldaten in schweren Kampfpanzern. Sie kamen in ihre Richtung gestürmt. Schon schossen ihnen die ersten Plasmablitze entgegen. Im Laufen konnten die Soldaten jedoch nicht treffsicher schießen.

Rauschend ging die Kiste zwischen den beiden und den Soldaten nieder. Auf ihrer Seite war die Einstiegsluke geöffnet und die Schilde gelöscht. Angia und die Prinzessin flüchteten sich in die Kiste.

»Wir sind an Bord!«, rief Angia über das Knistern der beschossenen Schilde hinweg. Die Beneri schossen mit allem, was sie hatten.

Angia hastete ins Cockpit und schwang sich auf den Pilotensitz. »Ich übernehme, nimm du das! Funkfrequenz der Beneripanzer, mit Autorisierung!«

Sie warf Mitch den Datenträger zu. Ihr Partner fing ihn geistesgegenwärtig auf. Die Kiste rauschte in die Höhe, mittlerweile waren ihre Schilde nur noch bei zehn Prozent. Wenn sie nicht hielten, würde ihre Flucht an den Schilden der Station enden. Ohne ein Schild derselben Frequenz kamen sie nicht weg. Das wussten auch die Beneri. Deshalb nahmen die Soldaten sie unter Dauerfeuer. Doch mit einem Mal verlosch der Beschuss. Der Monitor zeigte, wie die Benerisoldaten mit abgeschalteten Panzern zusammensanken.

Ein Ruck lief durch das Schiff, als sie mit fünf

Prozent durch den Stationsschild brachen.

Hinter ihnen eröffneten die an der Station angedockten Großkampfschiffe das Feuer.

Angia bestätigte den vorprogrammierten Sprung zum Treffpunkt mit dem Rekurianertyrannen. Ein erneuter Ruck lief durch das Schiff und signalisierte den Eintritt in den Hyperraum.

27

Mitch lehnte sich seufzend zurück, er wirkte so mitgenommen, wie Angia sich fühlte.

»Verdammt, wie haben wir es da rausgeschafft?«, fragte er tonlos, als könnte er es nicht glauben.

»So wie immer«, entgegnete Angia.

»Mit mehr Glück als Verstand?«, fragte die Beneriprinzessin. Sie stand hinter ihnen im Cockpit.

»Das alles wäre nicht nötig gewesen, wenn Ihr von Anfang an offen zu uns gewesen wärt«, sagte Angia, auch sie fühlte sich kraftlos und ausgelaugt.

»Ihr seid doch Kopfgeldjäger, richtig?«, fragte die Beneriprinzessin und sah die beiden abwechselnd an.

»Das hast du aber gut erkannt«, giftete Angia. In ihr regte sich der altbekannte Blutdurst. Mit einer routinierten Eingabe replizierte sie sich die Ersatznahrung. Der kleine Replikator neben der Steuerkonsole war eine lohnende Anschaffung gewesen, gerade bei langen Reisen. Angia schlürfte die Flüssigkeit. Zwar schmeckte es, als würde man an einer Metallstange lecken, aber dennoch breitete sich ein warmes Gefühl der Zufriedenheit aus.

»Und Kopfgeldjäger erfüllen immer ihren Auftrag, auch das verstehe ich doch richtig, oder?«, fragte Osetta weiter.

»Jep«, stimmte Mitch zu. »Was wollt Ihr also ... Oh ...«

»Ja genau. Ihr hättet mich ausgeliefert, egal was ich gesagt hätte.«

Anscheinend versteht die Prinzessin uns Kopfgeldjäger sehr gut, dachte Angia schon etwas versöhnlicher, nachdem sie den Becher geleert hatte.

»Außerdem ist unser Plan durchgesickert«, überlegte die Beneri. »Es scheint Kräfte auf beiden Seiten zu geben, die nicht wollen, dass wir unseren Friedensplan umsetzen. Nur so kann ich mir die unterschiedlichen Kopfgelder auf mein Leben erklären.«

»Ihr meint also derjenige, der Euch lebend im Plast haben wollte, der ...«, Mitch wusste selbst nicht weiter.

»Es gibt viele Möglichkeiten. Wenn ich gestorben wäre, während ich bei den Gonariern im Asyl war, wäre das Grund für einen Krieg gewesen. Mich zurückzubringen legt meinen Verrat am eigenen Volk offen, ohne mit einer dritten Partei Krieg führen zu müssen«, überlegte die Prinzessin. »Es stecken wohl Beneri und Rekurianer mit ganz unterschiedlichen Motiven dahinter und am Ende werde ich wohl kaum erfahren, was sie wirklich wollten.«

»Ist mir eigentlich auch schnuppe«, steuerte Angia bei. Als Kopfgeldjägerin erfüllte sie ihren Auftrag und stellte keine Fragen.

»Aber eine Frage hätte ich da«, meldete sich Mitch.

Angia seufzte. Ihr Partner fiel dahingehend etwas aus der Rolle. Selbst wenn sie es nicht zugeben würde, weder vor ihm noch vor irgendjemand anderem, schätzte sie seine offene und freundliche, manchmal auch etwas naive Art.

Mitch überging ihren unausgesprochenen Einwand. »Habt Ihr wirklich geglaubt, ein Kind, geboren von Rekurianern und Beneri, würde den anhaltenden Konflikt beenden und ein Zeitalter des Friedens herbeiführen?«

»Wieso nicht?« Die Prinzessin sah ihn arglos an.

»Weil man Genetik doch fälschen kann, man könnte die DNA beider Spezies einfach kreuzen und so ein

Mischwesen ...«

»Du denkst zu viel«, seufzte Angia.

»Eine genetische Manipulation wäre nachweisbar. Zugegeben, für unser Kind wäre das kein einfaches Leben, weil es ständig auf seine Herkunft getestet würde, aber das ist vielleicht der Preis für Frieden.«

Die drei schwiegen eine Weile.

Dann traf Angia eine dunkle Ahnung. Scheinbar hatte Mitch dieselbe Eingebung, denn er sagte: »Wenn es aber Insider gibt, dann könnte es sein, dass wir gerade nicht in eine sichere Zone fahren, sondern in eine Falle!«

»Na ja ... das Risiko besteht«, gab die Prinzessin zögerlich zu.

Sie hatten sich vor der Zone der Gonarier verabredet. Vor diesem Sektor gab es eine Hyperraumsperre, sonst wäre es jedem Kriegsschiff möglich, unbemerkt über den Hyperraum in deren Hoheitsgebiet einzufallen. Im Grenzgebiet waren keine Beneri oder Rekurianer stationiert, weshalb sie hofften, dort eine unbehelligte Übergabe durchführen zu können. Außerdem besaß die Prinzessin bei den Gonariern immer noch Asylrecht. In ihrem Territorium wären sie sicher. Aber wenn die Intriganten in den Reihen der Rekurianer und Beneri von dem Plan wussten, dann ...

»Schnallt euch jetzt besser an, in wenigen Sekunden sind wir da und ...« Angia verkniff sich die Bemerkung über eine Beneriprinzessin, die zermatscht und als unförmiger Klumpen durch die Kiste segelte. Weil es keine weiteren Sitze im Cockpit gab, blieb sie in der Tür stehen und hielt sich am Rahmen fest.

Dann verließen sie den Hyperraum.

28

Das rekurianische Kriegsschiff von Uur-Rekur-Kra wartete bereits auf sie. Es befand sich jedoch im Kampf mit einem anderen Schiff derselben Klasse. Damit nicht genug, ein Benerikampfschiff war ebenfalls in die Schlacht verwickelt. Rekurianer und Beneri konzentrierten all ihre Plasmageschütze, Laserstrahlen und Torpedos auf das eine Rekurianerschiff.

Mitch konnte sich von dem Anblick nicht losreißen, noch nie hatte er so einen Kampf in völliger Stille und gleichzeitig unfassbarer Zerstörungsgewalt gesehen. Das angegriffene Rekurianerschiff entsendete Einmannjäger, um den Feind zu schwächen. Überall flammten Lichtblitze von zerstörten Kampfschiffen auf.

Ein Deck des in die Zange genommenen Schiffes explodierte.

Angia blieb wesentlich gefasster. Sie schaltete die Scans ein. Die Analyse zeigte immense Schäden in der Hülle des angegriffenen Rekurianerschiffes. Ihre Schilde waren bereits gebrochen, während angreifende Beneri und Rekurianer über fünfzig Prozent an Schilden besaßen. Ihre Schiffe waren ebenfalls noch größtenteils intakt.

Die Rufanzeige flammte auf. Mitch öffnete wie in Trance den Kanal.

Auf dem Monitor erschien das Bild des Rekurianertyrannen. Er saß selbst in einem kleinen Cockpit. Ob er in einen Jäger gestiegen war oder sich in der Steuereinheit des Großkampfschiffes befand, wusste Mitch nicht zu sagen.

»Osetta, ich bin erleichtert, dich zu sehen.« Er klang

abgelenkt und musste sich wohl immer wieder auf seine Manöver konzentrieren. »Wir decken euren Rückzug in die Gonarierzone, mehr können wir nicht tun. Sie werden euch nicht folgen.«

Damit brach die Verbindung ab.

»Wir müssen ihnen helfen«, beschloss Mitch.

»Und wie das?«, fragte Angia auf die Raumschlacht konzentriert. Eines der Triebwerke des Rukurianerschiffes verlosch flackernd.

»Mit dem Hack«, offenbarte Mitch. Er meinte, die fragenden Blicke von Osetta im Nacken zu spüren.

»Dazu müssten wir sie rufen. Wenn wir das tun, bemerken sie uns und werden angreifen. Mitch, was ... verdammt ...«

Er hatte bereits die Ruftaste gedrückt. Seine Prothese war noch mit dem Bordcomputer verbunden.

»Mitch, du Idiot, die werden uns ...« Angias Aufmerksamkeit wurde wohl von einer Anzeige in ihrem Interface gefangen genommen. »Sie haben uns erfasst und scannen uns.« Angia aktivierte ein Störsignal, aber zu spät.

»Sie antworten nicht«, meldete Mitch laut.

»Lass mich.« Osetta schob Mitch energisch beiseite und gab mehrere Frequenzen und Codes ein, um den Funkkanal zu öffnen, auch ohne dass die Schiffe bestätigen mussten. Doch bei jedem ihrer Versuche flammte das Display rot auf.

Wie es aussah, war ihre herrschaftliche Zugangsberechtigung gesperrt worden. Mittlerweile versuchte sie es aufs Geratewohl. Leider gab es Millionen von Möglichkeiten.

»Sie haben uns in der Zielerfassung!«, warnte Angia und griff nach der manuellen Steuerung.

Auf dem 3D-Radar sah Mitch einige Plasmageschosse auf Kollisionskurs mit ihnen. Angia gelang es gerade noch, zweien auszuweichen, eines schlug jedoch in ihren Schild ein, der sogleich auf dreißig Prozent hinab rauschte. Ihre Schilde hatten sich vom letzten Gefecht noch nicht ganz erholt.

»Noch so ein Treffer und wir sind hin«, teilte Angia mit.

Die Beneriprinzessin registrierte sie gar nicht, sondern hackte Kombination um Kombination in den Kommunikator.

Zur Seite gedrängt beobachtete Mitch die Anzeigen. Das Rekurianerschiff ihrer Verbündeten driftete mittlerweile ohne Antrieb dahin. Außerdem bemerkte er, wie ihr Abstand zum Kampfgeschehen immer größer wurde. Sie waren nur noch ein wenig von der Grenze zu den Gonariern entfernt. Da flammte ein Lichtblitz auf, der alles überstrahlte und Mitch für einen Moment blendete. Er wusste, was geschehen war, noch bevor die Anzeige wieder Konturen bekam. Das Rekurianerschiff war zerstört worden. Aber anstatt nun aufeinander loszugehen, kamen Beneri und Rekurianer in ihre Richtung.

Osetta saß vor dem Kommunikator und starrte reglos auf die Anzeigen, ihre Hände waren hinabgesunken. Ihre Augen glitzerten und sie gab keinen Ton von sich.

Mitch sah weitere Plasmageschosse und einige Torpedos auf sie zukommen.

Ihr Schild brach unter einem Treffer. Die Anzeige meldete einen Streifschuss ihrer Hülle.

Die übrigen Geschosse gingen an ihnen vorbei. Vor der nächsten Salve überquerten sie die Grenze zu den Gonariern. Tatsächlich gaben die Rekurianer und Beneri ihre Verfolgung auf und drehten ab. Nicht zuletzt, weil bereits einige Gonarierschiffe an der Grenze eingetroffen waren, um diese falls nötig zu verteidigen.

EPILOG

Ein halbes Sternenjahr war vergangen, seit Mitch und Angia die Prinzessin an die Gonarier übergeben hatten. Er erinnerte sich noch gut daran. Nachdem der Rekurianertyrann in der Schlacht gefallen war, hatte Osetta keinen Ton mehr gesprochen. Als die Gonarier angeboten hatten, die Prinzessin in ihre Obhut zu nehmen, hatte sie nur zustimmend genickt.

Seither hielten sich Angia und Mitch nur noch im neutralen Sektor auf. Sie fürchteten, Rekurianer und Beneri hätten sie verdeckt zur Fahndung ausgeschrieben. Die Signatur ihres Raumschiffes war sowohl bei Rekurianern als auch bei den Beneri bekannt. Also bestand die Gefahr, dass sie arglos an einer ihrer Raumstationen andockten und sofort verhaftet wurden.

Die meisten Kopfgelder waren ohnehin im neutralen Sektor zu holen.

Mitch saß auf seinem Copilotensitz und genoss gerade die Zahlen ihres Kontostands. Wegen der Hackingsoftware waren sie in letzter Zeit sehr erfolgreich gewesen. Damit hielten sie einen unglaublichen Vorteil gegenüber allen Gesuchten in Händen. Viele der gejagten Verbrecher öffneten nur zu gern eine Funkverbindung zu ihnen, um zu verhandeln oder einen Versuch zu unternehmen, sie einzuschüchtern. Somit gaben sie Mitch unwissentlich die Möglichkeit, Waffensysteme oder ganze Raumschiffe einfach abzuschalten.

»Das glaubst du nie«, sagte Angia, den Blick starr

nach vorn gerichtet. Was Angia mit ihren bionischen Augen sah, konnte Mitch nicht wissen. Deshalb brummte er nur zur Erwiderung.

»Ich sehe gerade die interstellaren Pressemeldungen durch.«

»Und?«, fragte er desinteressiert.

»Rekurianer und Beneri haben ein Verteidigungsbündnis geschlossen.«

»Wieso denn das?« Jetzt wuchs seine Neugierde. Ein Verteidigungsbündnis war weit mehr als nur ein Friedensabkommen. Gemeinsame Verteidigung bedeutete, im Ernstfall die Streitkräfte zusammenzulegen.

»Wie es aussieht, berufen sie sich auf große Erfolge beim Bekämpfen eines gemeinsamen Feindes in den eigenen Reihen, aber genaueres steht da nicht.«

»Ein gemeinsamer Feind in den eigenen Reihen.« Mitch drehte die Worte im Mund herum. »Meinst du, dabei geht es um einen abtrünnigen Tyrannen und eine Beneriprinzessin?«

»Möglich.«

»Dann verstehe ich das richtig? Sie werden zu Verrätern, weil sie die Kluft zwischen ihren Völkern überbrücken wollen und weil man sie gemeinsam bekämpft, schließen sich ihre Fraktionen zusammen?«

»Ich hab mal gehört, es gibt nichts, was einen so sehr verbindet wie ein gemeinsamer Feind«, erinnerte sich Angia.

Mitch stieß einen leisen Pfiff aus. »Hast wohl recht. Was wohl aus der Beneriprinzessin und ihrem Balg geworden ist?«

»Ich wills eigentlich gar nicht wissen«, überlegte Angia. »Wir hatten wirklich genug Ärger mit der.«

»Jup, aber mich hätte interessiert, ob es wirklich geht, Beneri und Rekurianer, ein gemeinsames Kind, du weißt schon. Wenn zwei Spezies, die so unterschiedlich scheinen, doch gemeinsame Wurzeln haben, vielleicht haben wir dann alle die gleichen Vorfahren.«

»Ich trag sicher nicht dein Kind aus«, scherzte Angia. »Aber ich kann ihren Namen in der interstellaren Datenbank suchen. Vielleicht gibt es einen Eintrag.«

Mitch schwieg in gespannter Erwartung.

»Bei allen dreimal verfluchten Sonnen«, schimpfte Angia. »Auf sie und ihr Kind ist ein Kopfgeld ausgesetzt. Vier Millionen Credits, wegen Volksverrats.«

»Eine stattliche Summe, wenn du mich fragst«, überlegte Mitch. Für einen Moment regte sich seine Gier. Ein siebenstelliges Konto wäre nicht zu verachten.

»Hmm ...«, grübelte er laut. »Denkst du, was ich denke?«

»Also ich werde sicher keine Mutter mit ihrem Kind umbringen, das ... gehört sich nicht«, redete sich Angia heraus.

Mitch nickte. »Du hast recht. Ich auch nicht. Keiner sollte das.« Er verband seine Prothese mit dem Schiffscomputer und stellte eine Verbindung mit der Kopfgeldjägerdatenbank her. »Ich glaube, es ist besser, wenn wir das Ding mal für eine Weile ausschalten.«

Angia nickte und Mitch bestätigte den Befehl des Hackingtools. Der Bildschirm der Datenbank verlosch schlagartig.

Wie es weiter geht!

Dieses Buch ist im Verlag gestartet und im Selfpublishing gelandet. Meine SF-Geschichten sollten eigentlich auch im Verlag bleiben, damit eine klare Trennung zu meinen anderen Werken existiert. Denn eigentlich bin ich in der Fantasy zuhause, deshalb kann ich noch nicht sagen, ob wir Mitch und Angia wieder sehen werden. Aber wie das immer so ist, beim Schreiben verliebt man sich in seine Charaktere und möchte sie nicht loslassen.

Wenn du mein Schreiben schon länger verfolgst, dann ist dir vielleicht aufgefallen, dass dieses Abenteuer im Universum der Eisenritter spielt. Es ist also denkbar, diese beiden Geschichten näher zusammenzubringen. Es bleibt also spannend und ich kann jetzt noch nicht sagen, was die Zukunft bringen wird. Nur eines ist sicher: Sie steckt voller spannender Geschichten.

Wenn du willst, sehen wir uns wieder,

lass es dir gut gehen,

Lucian

Danksagung an besondere Patreons:
Nadine Petta
Carolin Gmyrek

Ich bin euch unsagbar dankbar,
dass ihr mich meinem Traum, von Schreiben zu leben,
näher bringt.

Mitwirkende:
Christina Reichel, Lektorat und Inspiration
Svenja Dilger, Korrektorat
Christl Glatz, Covergestaltung
Guter Punkt GmbH u. Co. KG
Agentur für Gestaltung
Lucian Caligo, Autor

Im Cover enthaltene Bilder:
© Miguel Aguirre/Adobe Stock
© gkuna/iStock/Getty Images Plus
© dottedhippo/iStock/Getty Images Plus
© olga gordeeva/iStock/Getty Images Plus

Hat dir mein Buch gefallen?

Dann hinterlasse mir doch eine positive Bewertung. Damit hilfst du, dass mein Buch für andere Lesende sichtbar wird.

Mein Service für dich:

Nur zur Erinnerung, aller meine Bücher bekommst du wenn du mich auf Patreon unterstützt:

https://www.patreon.com/lucian_caligo1

Außerdem wirst du ab sechs Euro im Monat namentlich in meinen Neuerscheinungen genannt.

Willst du außerdem immer auf dem Laufenden sein über:
- Gratisaktionen
- Neuheiten
- Events

Dann informiere ich dich über meinen Newsletter!
https://www.lucian-caligo.de/